Oma, hast du Strapse?

18 Kurzgeschichten

für Frauen im besten Alter

Impressum

Copyright © 2016 by arp

Herausgeber by arp, Ledererstraße 12, 83224 Grassau, Deutschland

Ausgabe September 2016

Covergestaltung by arp

Besuchen Sie uns im Internet: http://www.by-arp.de

Inhaltsverzeichnis:

Don Juan mit grauen Schläfen

Annette war mit ihrer Freundin Wiebke zum Einkaufsbummel verabredet. Sie brauchte ein Kleid für die Hochzeit ihrer Nichte, und außerdem wollten sie beide endlich mal wieder nach Herzenslust klönen. Sie hatte bereits die Tür hinter sich zugezogen, als ihr das Jackett ihres Mannes einfiel. Sie wollte es schon seit Tagen mit zur Reinigung nehmen, und beinahe hätte sie es auch heute wieder vergessen. Sie ging zurück ins Schlafzimmer, nahm es aus dem Schrank und griff in die Taschen, um sie auszuleeren. Dort fand sie ein zerknülltes Taschentuch, ein Zündholzbriefchen, einen Essensbon und eine Heftklammer. Dabei schüttelte sie lächelnd den Kopf. In Stefans Taschen sah es aus wie in den Taschen ihres Sohnes, als er zehn Jahre alt gewesen war.

Annette legte alles auf seinen Nachttisch, griff in die andere Tasche und brachte einen Kuli, zwei Cent und ein zerknülltes Taschentuch zum Vorschein. Und dann hielt sie plötzlich dieses Schmuckstück in der Hand. Zuerst glaubte sie, es sei eine Brosche, aber als sie das Schmuckstück umdrehte erkannte sie, dass es eine Haarspange war. Feingearbeitete Silberornamente verwuchsen sich zu einer mit Granaten besetzten Rosette. Ein wertvolles Stück! Wahrscheinlich sogar antik, soviel war selbst ihr klar, die sich nie besonders für Schmuck interessiert hatte.

Annette drehte die Spange nachdenklich in den Händen. Wie kam sie in Stefans Jackett? Und weshalb hatte sie plötzlich so rasendes Herzklopfen? War sie etwa eifersüchtig, nur weil sie diese Haarspange in der Tasche ihres Mannes gefunden hatte?

Ach eifersüchtig, Unsinn! Sie hatte überhaupt keinen Grund, eifersüchtig zu sein. Stefan war kein Abenteurer, war er nie gewesen! Er hätte überhaupt nicht den Nerv, sich in irgendwelche Lügengebäude zu verstricken. Nicht ihr Stefan, der so gutmütig, zuverlässig, ehrlich, bequem, ein bisschen phlegmatisch und manchmal sogar ein wenig langweilig war. Sechsundzwanzig Jahre waren sie nun verheiratet - sie kannte ihn doch!

Sie schob die Spange in die Tasche zurück, auch die anderen Fundstücke, und hängte das Jackett in den Schrank. Dass sie mit Wiebke verabredet war, vergaß sie für den Moment, ging stattdessen in die Küche und begann planlos aufzuräumen. Das Geschirr aus der Maschine ins Regal, die Gefrieretiketten in die Schublade, die Handtücher in den Schrank. Und während sie das tat, dachte sie mit klopfendem Herzen: *Langes Haar, so eine schwere Silberspange trägt man doch nur, wenn man langes, kräftiges Haar hat …*

Plötzlich war ihr heiß. Am Spülbecken hielt sie die Hände unter kaltes Wasser, dabei ließ sie im Gedanken alle Frauen aus ihrem Bekanntenkreis Revue passieren. Aber keine hatte langes Haar. Oder ja doch! Die Tochter von Stefans Tennispartner, mit der er seit drei Wochen spielte, weil ihr Vater auf Asienreise war! Wie hieß sie doch noch? Karen oder Karina?

Annette erinnerte sich plötzlich wieder an Stefans Worte: „Hübsch ist die Kleine! Langes, braunes Haar, schöne lange Beine, dazu ist sie auch noch intelligent und charmant! So eine Tochter hätte man dem Karl-Heinz gar nicht zugetraut …“

Annette bekam plötzlich zittrige Knie, setzte sich und starrte vor sich hin. Stefan und ein achtzehnjähriges Mädchen? Sollte das der Grund für den neuen Haarschnitt sein? Nicht mehr ganz so kurz, oder wie Stefan sich ausgedrückt hatte: ‚Etwas gefälliger‘. Und die neue Lederjacke, sportlich-schick, jugendlich im Schnitt! Und die plötzlich wiederentdeckte Angelleidenschaft, der er in jeder freien Minute frönte! Angeblich am Reifler See, und manchmal sogar übers Wochenende in der Eifel!

Aber vielleicht ging er ja gar nicht zum Angeln?!

Vielleicht hatte dieses Mädchen ja ganz neue Seiten in ihm zum Klingen gebracht? Vielleicht hatte er an ihrer Seite die Lust am Abenteuer entdeckt! Die Lust, etwas im Verborgenen zu tun, etwas Außergewöhnliches, um das ewige Einerlei des Alltags zu vertreiben!

Stefan verwegen und leidenschaftlich!!!

Stefan im zweiten Frühling?

Und das Einerlei des Alltags, das war dann wohl sie? Annette, die Frau, die seit sechsundzwanzig Jahren für ihn kochte und putzte, all seine Launen ertrug und seine blöden überfüllten Taschen leerte!

„O Gott!" Sie rang nach Luft, ein seltsamer Jammerlaut drang aus ihrer Kehle. Dann brach sie in Tränen aus. „Und ich hatte immer geglaubt, mir könnte so etwas nie passieren!", schluchzte sie.

Sie ging zum Telefon und rief Wiebke an, um ihr zu sagen, dass sie nicht kommen würde und was Stefan für ein gemeiner, herzloser Kerl war.

Bis zum Abend schleppten sich die Sekunden hin, als wären sie Stunden. Immer neue Liebesszenen zwischen Stefan und dieser Karen oder Karina malte sie sich aus, die immer gewagter wurden. Stefan, der dieses Mädchen mit Liebe, Zärtlichkeiten und Geschenken überhäufte!

Wer weiß, vielleicht war ja auch diese teure Haarspange ein Geschenk von ihm? Allmählich wuchs sich ihr Mann in ihrer Phantasie zu einer Kreuzung zwischen Humphrey Bogart und Casanova aus. Schau mir in die Augen, Kleines - pa! Und bei ihr gab er sich immer so harmlos wie ein Unschuldsengel! Als ob er kein Wässerchen trüben könnte!

Immer mehr entflammte sie an ihrer Eifersucht. Immer leidenschaftlicher wurde ihr Zorn. Und immer kampfeslustiger fieberte sie dem Nachhausekommen ihres schamlosen, infamen Herrn Gatten entgegen. Sie knallte Türen und zerschmetterte sogar eine Tasse an der Wand. Zwar musste sie danach die Scherben aufräumen, aber trotzdem hatte es wahnsinnig gut getan, ihre Wut mal so richtige rauszulassen. Schließlich bekam sie nie so ein tolles Schmuckstück von Stefan! Schließlich sparte er bei ihr nicht nur mit Komplimenten sondern auch mit Küssen! Und mit allem anderen, was Spaß machte! Tanzen zum Beispiel! Ja, wann waren sie eigentlich zum letzten Mal beim Tanzen gewesen?

Aber als Stefan am Abend dann endlich vorfuhr und fröhlich pfeifend die Autotür zuknallte, hatte sie das schlimmste schon hinter sich. Ruhig und gefasst sah sie dem Rausschmiss aus dem ehelichen Paradies entgegen - denn dass einer von ihnen beiden gehen würde, war so klar wie das Amen in der Kirche.

Sie wartete auf der Terrasse und brachte sich in Positur. Setzte sich auf die Bank, schlug das rechte Bein übers linke und ließ es wippen.

Stefan kam zu ihr, küsste sie auf die Wange, ließ sich neben sie fallen und atmete ganz tief durch. „Hach, was für ein herrlicher Sommerabend!", schwärmte er. „Ich finde, wir sollten nach dem Essen in den Biergarten gehen oder zum See radeln, oder mal wieder tanzen gehen, wenn du möchtest ..."

„Das hier hab ich in dem Jackett gefunden, das ich zur Reinigung bringen sollte", unterbrach Annette ihn frostig und hielt ihm die Haarspange hin.

Er starrte einen Moment stirnrunzelnd auf das Schmuckstück, dann schlug er sich plötzlich mit der flachen Hand vor die Stirn. „Mein Gott, die Haarspange! Die hätte ich ja längst beim Portier abgeben müssen!" Er nahm sie und betrachtete sie. „Ich habe sie vor ein paar Tagen im Aufzug der Firma gefunden. Bestimmt ist sie sehr wertvoll, und wer immer sie verloren hat, wird sie verzweifelt suchen."

„Ach ja - gefunden?" Fast hätte Annette hysterisch gelacht.

Stefan runzelte die Stirn. Der aufreizende Ton, den seine Frau anschlug, ließ ihn aufhorchen.

„Ja, gefunden", bestätigte er, und dann lächelte er amüsiert. „Sag mal, das klingt ja ganz so, als ob du eifersüchtig wärst? Du dachtest doch nicht etwa dass ich ...?" Er brach bedeutungsvoll ab.

Für einen Moment war es so still, dass man eine Stecknadel hätte fallen hören können. Annette kaute auf ihren Lippen und sah ihm dabei in die Augen. In diese Augen, die noch nie lügen konnten! Aber von schlechtem Gewissen keine Spur. Mehr als ein belustigtes Blitzen war nicht zu entdecken. Schließlich hob sie abwehrend die Hände. „Aber nein, natürlich nicht! Niemals würde ich so etwas von dir denken!", versicherte sie und umarmte ihn schnell, damit er nicht sah, wie ihr das Blut in den Kopf stieg. Denn als sie daran dachte was für haarsträubende Ausschweifungen sie ihm im Gedanken unterstellt hatte, trieb es ihr glatt die Schamröte ins Gesicht!

Wie war sie nur dazu gekommen, sich so kopflos in Eifersucht zu verrennen? Stefan war kein Abenteurer, war es nie gewesen! Er hätte überhaupt nicht den Nerv, sich in irgendwelche Lügengebäude zu verstricken. Nicht ihr Stefan - gutmütig, zuverlässig, ehrlich, bequem und ein wenig phlegmatisch. Seit sechsundzwanzig Jahre war sie mit ihm verheiratet - sie kannte ihn doch!

Annette betrachtete ihn zärtlich. Eigentlich sah er noch immer gut aus. Der kleine Bauchansatz fiel kaum auf, die grauen Schläfen passten zu ihm, und sein kantiges Gesicht wirkte ungemein männlich. Nur manchmal war er ein bisschen ... na ja, ein bisschen langweilig eben. Und ein Schuss Verwegenheit, der würde ihm gar nicht schlecht stehen …

Ein neues Glück

Seltsam, gerade hatte sie gedacht: „Wenn doch endlich etwas geschehen würde! Wenn jemand anrufen würde und mich aus diesem ewigen Gleichtrott reißen!" Und im selben Moment hatte das Telefon geklingelt.

Jetzt beugte sich Ilona über den Stapel Bücher, die sie noch kennzeichnen musste, und griff zum Hörer.

„Hallo und wunderschönen guten Tag!" gurrte eine männliche Stimme in den Apparat. Dann folgte ein Schweigen und Ilona spürte, dass der Mann hoffte sie würde erraten, zu wem die Stimmte gehörte. Tatsächlich kam sie ihr bekannt vor. Etwas regte sich in ihr. All ihre Sinne gingen auf Habachtstellung, doch sie kam nicht drauf ... Mensch, wer war das nur?

„Sie sind mit Ilona Lenz verbunden, was kann ich für Sie tun?", sagte sie betont förmlich, um dem Schweigen ein Ende zu bereiten.

„Was kann ich für Sie tun! Jetzt bin ich aber enttäuscht! Ich dachte, bestimmt weiß sie sofort ..."

„Mein Gott, Viktor!"

Er lachte. „Na, endlich!"

„Viktor, Himmel, was treibt dich denn dazu, mich anzurufen?"

„Ich bin in der Stadt. Und da dachte ich, vielleicht könnten wir uns ja sehen. Ein bisschen nachquatschen."

„Nachquatschen!" Sie lachte. „Einfach so, nach mehr als
zwanzig Jahren?"

„Warum nicht? Wir sind schließlich nicht nur zwanzig
Jahre älter sondern auch so viele Jahre reifer geworden.
Da sieht man manches anders. Es wäre doch schön,
wenn wir ..." er suchte nach Worten. „Wenn wir Frieden
schließen könnten."

Sie lachte. Es klang hell wie das Klingen einer Glocke.
Und etwas zu glücklich dafür, dass er sie einmal so enttäuscht hatte. „Mein Gott - Frieden schließen! Wie sich
das anhört. Wir hatten doch keinen Krieg."

„Nein, sicher nicht, da hast du recht."

Eine Weile schwiegen sie. Dann fragte Ilona: „Was
heißt, du bist in der Stadt. Wo in der Stadt und warum?"

„Abgestiegen im Hotel Bärmütz. Ich war unterwegs von
Hamburg nach Bozen und dachte, ich schau mir mal die
alte Heimat an."

„So, so, die alte Heimat." Ilona grinste. Na hoffentlich meinte er nicht sie damit ...

„Und weißt du, hier im Hotel gibt es heute einen brasilianischen Abend. Büffet mit Fisch und Meeresfrüchten, bunte Drinks, Rumbamusik ... könntest du kommen?"

„Um mit dir einen brasilianischen Abend zu erleben?"

„Ich kann mir schlechtere Möglichkeiten vorstellen, ein Wiedersehen zu feiern."

„Da hast du allerdings Recht!" Sie horchte in sich hinein, dann entschied sie: „Na gut, ich komme."

„So gegen acht? Hast du ein Auto, oder soll ich dich abholen?"

„Unsinn, ich nehme mir ein Taxi."

*

Brasilianischer Abend! Was sollte sie nur anziehen? Sie hielt sich das Blaue vor, aber nein, das wirkte zu streng. Das mit dem Spitzenoberteil? Zu romantisch! „Aber das hier, das würde gehen!" Sie griff nach einem Kleid aus roter Seide. Es war elegant und schlicht, auf Figur geschnitten, hatte schmale Träger und drei Biesen am Saum.

„Genau richtig", sagte sie laut, als sie sich später im Spiegel betrachtete. Ihr braunes Haar fiel ihr locker auf die Schultern, die rote Seide ließ ihre helle Haut glänzen, die Fingernägel hatte sie passend zum Kleid lackiert - ja, das war die Ilona, die Viktor einmal so geliebt hatte!

Im Aufzug ertappte sie sich dabei zu pfeifen. Das alte Lied von damals. Mein Gott, wann hatte sie zum letzten Mal gepfiffen? Was war nur los mit ihr? Da rief einer an, nach zwanzig Jahren, und sie tat, als hätte sie das große Los gezogen.

Das Taxi wartete bereits. Sie stieg hinten ein, wollte alleine sein mit ihren Gedanken, nicht mit einem Fremden reden müssen.

Bevor sie das Haus verlassen hatte, hatte sie noch das Fotoalbum herausgesucht, um im Gedanken die alten Zeiten aufzufrischen. Viktor und sie auf dem Uni-Ball. Viktor und sie beim Skifahren, in Italien, auf dem Rummelplatz. Und dann Viktor in Badehose auf der Segeljacht seines Schwagers. Seine braungebrannte Haut, sein schlanker muskulöser Körper, sein wunderbares Lachen! Und dann die schwarzen Augen, von der Mama geerbt, die aus Südtirol stammte.

Viktor war ein Traummann gewesen, um den sie viele beneidet hatten. Bis diese Ina aufkreuzte, die nicht so naiv wie Ilona sondern ziemlich gerissen war. Die nichts dem Zufall überließ, die genau wusste was sie wollte. Einen Mann wie Viktor, mit Stil, gutem Aussehen und guten Aussichten auf eine gute Karriere!

Er hielt ihren Verführungskünsten lange stand. Drei Monate hatte sie ihn umgarnt mit ihrer Traumfigur, ihrem Loreley-Sexappeal. Lockender Blick, langes blondes, seidenweiches Haar und eine Stimme wie das Gurgeln in einem Glas auf dem Grude eines Flusses - mein Gott! Tja, und dann war Ina schwanger, und er musste sie heiraten, darauf bestand schon die Mama aus Südtirol.

Und jetzt pfiff sie, Ilona, ein Lied von früher, bloß weil dieser Viktor, der sie verraten hatte, nach Ewigkeiten wieder anrief? Himmel, sie war doch wirklich ein ziemlich dummes Fleckvieh!

Aufgeschreckt sah sie nach draußen. Grünauer Straße. Sie war schon fast da. Das Hotel Bärmütz lag zwei Straßen weiter hinter dem Park. Vier Sterne, die erste Adresse in der Stadt.

Ilona überlegte, ob sie den Fahrer umkehren lassen sollte. In ihrer Vorstellung tauchte plötzlich ein Viktor auf, der gar nichts mehr mit dem Viktor auf den Fotos in ihren Alben gemein hatte. Viktor mit Bauchansatz, die Haare schüttern, vielleicht schon eine Glatze, die Haut fahl und unter den schönen schwarzen Augen dicke Tränensäcke. Wenn man über die Jahre miteinander aus der Form gerät, dann war das in Ordnung - „aber Erinnerungen sollte man nicht zerstören!" Den letzten Satz ihrer Gedanken hatte sie laut ausgesprochen.

„Wie bitte?" Der Taxichauffeur sah sie über den Spiegel an.

„Ach nichts. Bitte halten Sie an."

„Ja natürlich - gleich." Er nahm den Fuß vom Gas und setzte den Blinker.

Erst da bemerkte Ilona, dass es zu spät war - sie waren bereits am Hotel angekommen.

Ein Mann in roter Livree riss den Wagenschlag auf.

„Nein, bitte, ich möchte wieder zurück in die Stadt."

Der Chauffeur sah sie entgeistert an. Der Türsteher ebenfalls. Dann war da plötzlich Viktor. Er streckte seine Hand in den Wagen, um ihr herauszuhelfen. Er lachte. „Ich dachte, ich warte mal lieber hier draußen auf dich. Ich kenne dich doch! Am Ende kneifst du noch."

„Das hast du wirklich gedacht?"

Er nickte. „Und, hatte ich recht?"

Sie schüttelte schnell den Kopf, starrte in seine schönen schwarzen Augen. Er hatte sich überhaupt nicht verändert! Er sah aus wie früher, nur die Haare waren mit Silberfäden durchzogen und die Lachfältchen um die Augen tiefer geworden. Er war einfach Viktor, so, als ob sie sich erst gestern zum letzten Mal gesehen hätten.

Die Zeit zerrann zwischen Meeresfrüchten und Ananas, als würde sie gar nicht existieren. Sie aßen, redeten und lachten, und zwei- oder dreimal tanzten sie auch.

„Ich bin seit zwei Jahren geschieden. Und du?"

„Ich auch. Nein. Seit drei Jahren."

„Mein Sohn lebt bei seiner Mutter, ich sehe ihn leider nur selten. Hast du auch Kinder?"

Ilona schüttelte den Kopf.

„Ich habe dir geschrieben. Fünfundzwanzig mal."

„Du lügst, ich habe nie einen Brief von dir bekommen!"

Viktor griff in seine Innentasche und zog einen Packen Briefe hervor. „Natürlich nicht, ich habe die Briefe ja auch nicht abgeschickt. Ich war doch verheiratet. Ich hatte Angst und wollte mich nicht unglücklich machen - noch unglücklicher machen als ich schon war. Und nach der Scheidung ... ich war einfach zu feige." Er schob die Briefe über den Tisch. „Sie gehören dir."

Ilona legte ihre Hand auf das verschnürte Päckchen und schloss die Augen, um dem Klopfen ihres Herzens nachzufühlen. Einen Moment war sie versucht, die Schleife zu öffnen, aber dann dachte sie plötzlich: *Das hältst du nicht aus! So viel alte Liebe muss verschnürt bleiben, sonst hat die neue keinen Platz!*

Sie schob ihm die Briefe wieder hin. „Du musst sie behalten. Es ist dein Geheimnis. Ich habe meines."

Sie lächelte.

Plötzlich war es viel zu laut um sie hin. Die Musik, das Lachen - zu laut und zu brasilianisch. Ein stiller Garten mit Grillengezirp und fernab das Rauschen des Meeres würden nun passender sein.

Sie verließen das Hotel, spazierten zum Fluss. Dabei hielten sie sich an den Händen wie damals, als sie zwanzig waren.

Aus Ilonas Erinnerungen tauchten Bilder auf, die sie all die Jahre weggesperrt hatte, weil es viel zu schmerzlich gewesen wäre, sie immer wieder anzusehen. Orangefarbene Kissen auf hellgelben Laken, dazwischen atemlos sie beide. Seine zärtlichen, bohrenden, fordernden

Küsse. Seine Finger, die sie überall streichelten. Seine Zunge, die sie verwöhnte, bis sie ihn stöhnend anflehte, dass er mit seiner Folter aufhören sollte. Diese Lust damals, dieses wahn-sinnige Begehren! Er liebte sie mit seinem Körper, und mit seinem Herzen brachte er ihre Seele zum Schmelzen. Nichts war ihnen fremd gewesen, und nichts schien ihnen unmöglich. Und nie wieder gab es einen Mann, dem sie so nahe kommen konnte.

Plötzlich blieb er stehen, legte seine Hand in ihren Nacken und zog sie fest an sich. „Ich habe nie den Glauben daran verloren, dass du mir eines Tages verzeihen wirst und wir wieder zusammen sein können", sagte er ernst.

Ilona schloss die Augen um zu spüren, wie seine Liebe warm durch sie hindurchfloss.

„Fühlst du es?" fragte er.

„Ja", sagte sie. „Ich liebe dich auch."

Oma hast du Strapse?

Wie Carla diese lauen Spätnachmittage liebte! Die Haut duftete vom Sonnenbaden noch nach Nussöl, ein Drink in der Farbe des orangeroten Himmels stand vor ihr, der Abend war nicht mehr fern, und auf dem See silbriges Glitzern, als hätte eine Fee schon das Sternfunkeln der Nacht über ihm ausgegossen.

Dort wohnen, wo andere Urlaub machen!

So warb das ortsansässige Maklerbüro um Käufer für Objekte, bei denen der Blick teurer bezahlt werden musste als das Haus und das Grundstück, auf dem es stand.

Carla hatte Glück gehabt, sie war hier geboren, war hier aufgewachsen, hatte hier geheiratete und eine gute Ehe geführt. Doch nun war sie bereits seit mehr als fünf Jahren Witwe, und an so manchen schönen, lauen Spätnachmittagen wünschte sie sich wieder einen Mann an ihrer Seite. Sie war vierundfünfzig, noch lange nicht alt, da wäre eine neue Liebe doch etwas Wunderbares!

So träumte sie im Strandcafé vor sich hin, fast zärtlich umhüllt von der Dämmerung, die sich anschickte, den Tag zur Nacht zu machen. Da krähte plötzlich eine

Stimme neben ihr: „Oma - hast du Strapse?!“ Die Stimme - sie gehörte zu Laura, ihrer Enkelin - war sehr laut und sehr durchdringend und bestimmt noch am anderen Seeufer zu hören.

Ein Mann, etwa in Carlas Alter, saß am Nebentisch. Er sah auf und sie neugierig an, suchte lächelnd in ihrem Gesicht nach einer Antwort auf die brennende Frage des Kindes.

Carla fühlte, wie das Blut in ihre Wangen schoss. „Wie kommst du denn jetzt auf so etwas?“

„Weil der Mann dort vorne“, Laura deutete mit ausgestrecktem Zeigefinger auf einen etwa dreißigjährigen Blonden, „der hat zu der Frau gesagt, Strapse findet er sexy. Was sind denn eigentlich Strapse? Und was heißt denn eigentlich sexy?“

So viele Fragen, die auf Antwort pochten! Carla räusperte sich und griff in ihre Handtasche, aus der sie ihren Geldbeutel ans Tageslicht beförderte. „Willst du ein Eis?“

„Au ja!“ Laura nahm die zwei Euro, die Carla ihr gab, und düste davon.

Der Mann vom Nebentisch sah sie immer noch neugierig und mit einem Schmunzeln an. Schnell stand sie auf, nahm ihre Handtasche und verließ den Ort dieser Peinlichkeit.

Als sie am Abend im Bett lag, tauchte sein Gesicht vor ihrem inneren Auge wieder auf. „Und - haben Sie Strapse?“, fragte er in ihren Gedanken.

„Keine Ahnung!“, knurrte sie. Irgendwann hatte sie mal welche besessen, aber das, so schien es ihr, war Jahrhunderte her!

*

„Man trifft sich immer zweimal - und ich hoffe, es ist in unserem Fall noch lange nicht das letzte Mal!“

Carla fuhr herum und sah in das sympathische Lächeln des Mannes vom Strandcafé.

„Ach, Sie!“ Carla räusperte sich.

„Gestatten, mein Name ist Rolf Wassermann.“

Carla lachte. „Seltsamer Name.“

„Finden Sie? Ich kenne jemanden, der heißt Kalbskopf. Würden Sie trotzdem etwas mit mir trinken?“

„Ich heiße Carla Reith, und ja, ich hätte Lust auf einen Campari-Orange.“

Rolf nickte. „Den von gestern haben sie ja fast unberührt stehen gelassen. Warum sind Sie nur so überstürzt fortgelaufen?"

„Das wissen Sie genau!" Mit bohrendem Blick sah sie ihn an. Dann lachte Sie. „Haben Sie auch Enkelkinder?"

„Mark ist jetzt neun. Als er sechs war, reiste er mit seinen Eltern nach Dubai. Wieder zurück fuhr ich mit ihm in Berlin in der U-Bahn. Ein Mann in einem weißen Kaftan mit Turban saß uns gegenüber. Plötzlich fragte mich Mark etwa in derselben Lautstärke wie gestern Ihre reizende Enkelin: Opa, ist das ein Araber oder ein Mensch?"

Carla lachte. „Kinder können einen wirklich ganz schön in Verlegenheit bringen."

Im Strandcafé erzählte Rolf ihr, dass er den Großstadtmief satt hatte, zumal nach der Trennung von seiner Frau, und darum sei er hier. „Ich suche eine kleine Wohnung, vielleicht etwas mit Seeblick."

„Seeblick ist teuer."

Er zuckte die Schultern. „Die Wohnung muss ja nicht groß sein."

Am Abend trafen sie sich zum Essen, und am nächsten Vormittag begleitete Carla ihn zu einem Besichtigungstermin. Zwei Zimmer, Küche, Bad. „Wirklich schön", sagte sie, „und weißt du, am schönsten ist der Blick. Wenn du dich nämlich ein wenig aus dem Schlafzimmerfenster lehnst, dann kannst du meine Wohnung sehen!"

„Ja, wirklich?"

Carla zeigte sie ihm.

„Dort wohnst du? Dann unterschreibe ich den Vertrag sofort!"

Wie immer trafen sie sich im Strandcafé, stießen mit einem Glas Sekt auf Rolfs Einzug an. Er nahm Carlas Hand und hielt sie fest. „Würdest du mir beim Einrichten helfen? Ein paar wenige Möbel habe ich, den Rest müsste ich kaufen."

„Das tu ich doch gern! - Möchtest du dir mal meine Wohnung ansehen?"

Ihre Blicke trafen sich, lange und zärtlich sahen sie sich an. „Das tu ich doch gerne", antwortete Rolf mit ihren Worten.

*

Als Carla fertig war, beugte sie sich aus dem Fenster und winkte mit einem roten Tuch. Rolf hatte sehnsüchtig auf dieses Zeichen gewartet. Er schloss das Fenster, machte sich umgehend auf den Weg und stand schon fünf Minuten später vor Carlas Tür.

Sie deutete auf den hübsch gedeckten Tisch. Kerzen brannten, Rotwein funkelte in den Gläsern, und auf der Platte, die zwischen den beiden Tellern stand, türmten sich wahre Köstlichkeiten. Gefüllte Eier, Lachsschnittchen, feinster Tiroler Schinken auf dunklem Brot. „Fingerfood", sagte Carla und legte ihre Arme um Rolfs Nacken, so kann nichts anbrennen und auch nichts kalt werden."

Rolf küsste sie zärtlich. „Ich wusste gleich, du bist sehr praktisch veranlagt!"

„Und sehr romantisch!"

„Das widerspricht sich nicht." Seine Hände strichen zärtlich über ihren Rücken und blieben auf ihrem Po liegen. „Jetzt würde mich eigentlich nur noch eines brennend interessieren ..."

„Ich glaube, ich weiß was du meinst!"

„Hast du Strapse?"

„Was fragst du.“ Carla schmiegte sich lächelnd an ihn. „Finde es einfach heraus.“

Mildreds Eskapaden

Erik half Susan in den Wagen, verstaute dann ihr Gepäck im Kofferraum und setzte sich ans Steuer. Er wollte den Sicherheitsgurt anlegen, aber Susan, nahm ihm den Gurt aus der Hand und ließ ihn mit einem vielsagenden Lächeln zurückschnellen. „Ich habe dich vermisst", hauchte sie und küsste ihn zärtlich, „du mich auch?"

Erik nickte. „Ja, ich dich auch. Aber es waren ja nur drei Tage. Komm, du musst dich anschnallen!"

Susans Gurt klickte in die Halterung, sie warf Erik einen enttäuschten Blick zu. „Als ich noch ein kleines Mädchen war und versucht habe, mir vorzustellen, wie mein Mann wohl einmal sein wird ..."

„... da hast du an einen Märchenprinzen gedacht", fiel er ihr ins Wort.

„Nein. Aber an einen Mathematiker, der seine Gefühle immer nur in Zahlen ausdrückt, auch nicht", brummte sie.

Erik fuhr los. „Und jetzt bist du enttäuscht?", fragte er.

„Manchmal schon!" Susan sah ihn aus den Augenwinkeln an, um die Wirkung ihrer Worte zu überprüfen.

Doch sie konnte keine Regung in seinem Gesicht feststellen. Er war der jüngste von vier Brüdern, und manchmal fragte sie sich, ob er so nüchtern und rational geworden war, weil er sich ständig durchs Leben boxen musste.

„Wie geht es den beiden", erkundigte er sich nach einer Weile und sah dabei bedeutungsvoll auf den Bauch seiner Frau.

Susan legte die Hand auf die Wölbung unter ihrer Brust. „Ach, denen geht's gut. Gestern hatten sie Streit, und der eine wollte dem anderen eine reinhauen. Dabei hat er dann mich getroffen - war schön, als der Schmerz wieder nachließ!"

Erik lachte. „Als zukünftige Mutter von Zwillingen und Frau eines Mathematiklehrers solltest du dir eine weniger burschikose Wortwahl angewöhnen, Liebes", witzelte er.

„Ich bin Studentin der Rechtswissenschaften und nicht ‚nur' die Frau eines Mathelehrers", erinnerte sie ihn im selben Tonfall. „Ich bin ich, und darum rede ich, wie mir der Schnabel gewachsen ist."

„Studentin der Rechtswissenschaften!" Erik grinste. „Hast gerade mal ins erste Semester reingeschnuppert."

„Trotzdem, deine Karriere geht mich nichts an. Ich mache meine eigene. Wenn die Zwillinge in den Kindergarten gehen, nehme ich mein Studium wieder auf." Susan zog unwillig eine Schnute, aber dann lächelte sie und legte Erik eine Hand auf den Arm. „Ist schön, wieder mit dir streiten zu können. Jedenfalls schöner, als Zoff mit meinen Eltern."

„Ach …" Erik hob beide Augenbrauen. „Gab's mal wieder Streit?"

„Beinahe die ganzen drei Tage lang! Ich frage mich, warum ich sie überhaupt besucht habe, wenn sie sich dann ununterbrochen wegen Oma zanken. Übrigens ist sie rausgeflogen!"

„Was ist sie?" Erstaunt sah er sie an.

„Mildred ist rausgeflogen! Schon am Freitagabend."

„Was hat sie denn diesmal wieder angestellt?"

„Also ehrlich, ich glaube, sie hat den Rausschmiss provoziert. Mildred hat einfach die Schnauze voll. Sie will sich nicht ständig bevormunden lassen. Das bürgerliche Getue meiner Eltern geht ihr gewaltig auf den Geist - und ich finde zurecht!"

„Jetzt spann mich nicht so auf die Folter!"

Susan seufzte in Erinnerung an das große Familiendrama. „Am Freitagabend war Mildred ausgegangen. Wir haben uns den Nachtfilm angesehen und waren noch auf, als sie nach Hause kam. Viertel nach eins!"

„So spät?" Erik grinste. „Das ist aber auch sehr, sehr ungezogen von Mildred!"

„Fand Papa ebenfalls. Als sie das Wohnzimmer betrat, sah er strengen Blickes zur Wanduhr dann Mildred an und fixierte sie mit seiner berühmten Bärbeißermiene. ‚Wo warst du so lange, Oma?', fragte er drohend - als ob ihn das was anginge! Sie ist schließlich zweiundsechzig und keine achtzehn mehr. Mildred war natürlich ziemlich sauer und antwortete im selben vorwurfsvollen Ton: ‚Mein lieber Schwiegersohn, nenne mich nicht andauernd Oma! Ich habe einen Namen und das Recht, von ihm Gebrauch zu machen! Und um deine Frage zu beantworten - ich habe einen Freund, der übrigens fünf Jahre jünger ist als ich! Bei ihm war ich. In seiner Wohnung! Ganz alleine, ohne Anstandswauwau. Danach hat er mich nach Hause gebracht, und wir haben noch ein Viertelstündchen im Auto geschmust.' Und während sie das sagte, fixierte sie ihn mit messerscharfem Blick."

Erik lachte. „Wie kann sie deinem Vater das nur antun!"

„Ja, genau das hat er auch gesagt: ,Wie kannst du nur!'
Und ob sie sich nicht schämt. Was sollen nur die Leute
von ihr denken! Eine Frau in ihrem Alter noch einen
Freund, der jünger ist als sie und mit dem sie im Auto
herumschmust. Darauf hat dann Mildred geantwortet,
dass Mutter ihr leid täte, weil sie ihr Leben mit einem
phantasielosen Moralisten verbringen müsse und dass
ihr nicht klar wäre, wie ich zustande gekommen sei. Das
war's dann. Vaters Gesicht lief dunkelrot an. Er sprang
auf, wies zur Tür und schrie ..."

„Raus!", nahm Erik ihr das Wort aus dem Mund.

„Genau. Und weißt du, Mildred sah dabei verdächtig zufrieden aus."

Erik stoppte an einer Ampel, legte den ersten Gang ein
und blickte Susan fragend an. „Direkt? Ich meine,
musste sie noch am selben Abend in die böse Welt hinaus?"

„Musste? Sie hat nicht mal ein Taxi bestellt. Ich habe
das Gefühl, dass ihr geheimnisvoller Freund gleich vorm
Haus gewartet hat. Sie stopfte ein paar Sachen in einen
Koffer, nahm Pass und Sparbuch mit, und weg war sie!"

„Oha!" Die Ampel sprang auf grün. Erik gab Gas und
bog in die Arnulfstraße ein.

„Gleich sind wir zu Hause. Bin ich froh!" Susan griff stöhnend an ihren Bauch. „In meinem Zustand ist Autofahren kein Vergnügen mehr. Ist dein Vater auch schon da?"

„Weiß nicht. Ich war so spät dran, dass ich einfach mein Gepäck in die Diele gestellt habe und direkt losgefahren bin, um dich zu holen."

Erik stoppte und ließ Susan aussteigen, fuhr dann den Wagen in die Garage. Susan schloss einstweilen die Haustür auf knipste das Licht an und betrat die Diele. Als sie ihre Jacke aufgehängt hatte, betrachtete sie Eriks Gepäck.

Die paar Tage mit Hans in den Bergen haben ihm bestimmt gut getan, dachte sie dabei.

Plötzlich stutzte sie. Auf dem Boden neben der Tür lag ein zusammengefaltetes Blatt Papier; eine Notiz vielleicht, die Erik aus der Tasche gefallen war. Susan bückte sich und faltete den Zettel auf.

Mein Liebster, las sie, *das Wochenende mit Dir war wunderbar! Endlich konnten wir einmal ganz ungestört alleine sein, das hatte ich mir so lange gewünscht. So viel ist dabei auf mich eingestürmt, dass ich nun ein wenig alleine sein möchte, um über dich ... über uns nachzudenken. Ich fahre noch heute nach Elsenau und bleibe dort bis Mittwoch. Aus unserer Verabredung morgen Abend wird also nichts. Aber wenn Du möchtest, dann erwarte mich am Mittwoch um sieben Uhr, wie immer am Jungfernsteg. Deine Milla*

Susan konnte kaum glauben, was sie da las. Hundert Gedanken schossen ihr durch den Kopf und landeten messerscharf in ihrem Herzen. ‚Wie immer‘, las sie nochmals. ‚Wie immer!‘ Und sie waren gerade erst drei Monate verheiratet.

Susans Gesicht war aschfahl geworden, ihre Knie begannen zu zittern, und die Wände der Diele schienen sich über sie neigen zu wollen. ‚Nur nicht ohnmächtig werden‘, rief sie sich im Innersten zu, während sich ihre Faust hart um das Papier ballte.

Als sie draußen Schritte hörte, stopfte sie den zerknüllten Brief schnell in die Tasche.

Erik riss die Tür auf, betrat die Diele und zog dabei seine Jacke aus. „Warum stehst du denn hier herum?“, wunderte er sich, „ist Paps schon da?“

„Weiß nicht“, hörte sie sich flüstern.

„He, was ist los mit dir? Ist dir nicht gut? Komm!“ Erik fasste sie unter und brachte sie ins Wohnzimmer. Dort bettete er sie aufs Sofa, ging in die Küche, kam mit einem Glas Wasser zurück, hielt es Susan hin und brüllte laut nach seinem Vater. Doch Paps war nicht da, und Erik musste sich alleine um seine Su kümmern.

Er nahm ihre Beine, legte sie hoch, wickelte eine Decke drum, kniff Susan liebevoll in die Wange und fragte: „Brauchst du einen Arzt?"

Sie schüttelte so heftig den Kopf, dass die Tränen, die sich in ihren Augen gesammelt hatten, über den Wimpernrand hinausschossen. „Lass mich alleine!" Das war alles, was sie herausbrachte.

„Ja, aber ..." Erik war verblüfft. „Ich bitte dich, warum das denn? Ich kann dich doch jetzt nicht alleine lassen!"

„Wieso nicht? Ob jetzt oder in ein paar Wochen!" Und als er immer noch zögerte, fuhr sie plötzlich hoch und schrie: „Lass mich alleine, das ist alles, was ich im Moment von dir will!"

Erik zog ab wie ein begossener Pudel, schloss die Wohnzimmertür hinter sich und ließ sich seufzend auf der Treppe nieder.

„Was brütest du denn hier aus?", fragte Eriks Vater, der plötzlich vor ihm stand. Er zog den Mantel aus, warf ihn über die Stuhllehne und setzte sich zu seinem Son auf die Treppe. „Nichts ... ich weiß nicht ... Susan geht's nicht gut. Plötzlich war sie weiß wie die Wand und hat geweint. Aber sie will sich nicht helfen lassen, sie will auch keinen Arzt. Alles was sie will ist, dass ich sie alleine lasse. Verstehst du das?“

„Nein, aber man muss ja auch nicht immer alles verstehen. Sie will eben alleine sein.“

Erik schüttelte den Kopf. „Ich habe das Gefühl, da steckt mehr dahinter, ich weiß nur nicht was. Ich habe sie von zu Hause abgeholt. Auf der Fahrt war sie ganz normal, wie immer. Während ich den Wagen in die Garage fuhr, ist sie schon mal hereingegangen, und als ich dann nachkam, war sie wie ausgewechselt. Aber reden wollte sie auch nicht mit mir ...“

„Na, wenn du möchtest, spreche ich mal mit ihr. Mir sagt sie vielleicht was ihr fehlt.“

„Ja, tu das. Sie ist im Wohnzimmer.“

Bernhard Reimann öffnete die Tür einen Spaltbreit und steckte den Kopf durch. „Hallo Su, darf ich zu dir kommen?“

„Hallo Paps! Mhm ...“ Susan schluckte. Sie wollte nicht wieder weinen.

Ihr Schwiegervater ging zu ihr, setzte sich, nahm ihre Hand und rieb sie kräftig. „Die ist aber kalt!" Er lächelte sie liebevoll an.

Wie gern sie Paps hatte! Den großen, gütigen Mann, auf den man immer zählen konnte. Ob man nun kalte Hände oder keine passende Wohnung finden kann, oder ... Nun begann sie doch zu heulen, und Bernhard Reimann nahm sie in die Arme.

„Ach Paps", schluchzte sie, „du musst mir versprechen, was auch immer passiert ... ich darf dich doch besuchen? Wir bleiben doch Freunde, oder?"

„Ja, natürlich. Aber willst du denn fort?"

„Wollen? Ja doch, ich will. Ich werde es auch alleine schaffen. Ich weiß jetzt, dass Erik mich nicht liebt, dass er mich nur geheiratet hat, weil ich schwanger bin. Das hätte er nicht tun dürfen, ich habe doch auch meinen Stolz! Seinen Stolz muss man doch bewahren, da gibst du mir sicher recht, oder?"

„Ja, natürlich musst du deinen Stolz bewahren. Aber ich bin sicher du irrst dich, Erik liebt dich von ganzem Herzen. Nur zeigen kann er es halt nicht immer so, wie es gut für dich wäre. Da ist er wie viele Männer."

Susan drehte sich weg. „Ich weiß, was ich weiß", sagte
sie.

Eriks Vater zog die Stirn in Falten. Er wurde aus der
ganzen Geschichte nicht recht schlau. Aber nun weiter
in Su zu dringen, schien ihm unsinnig. Sie schien viel zu
erregt, um einen klaren Gedanken zu fassen.

„Doch bedenke, kleine Su", sagte er, strich dabei über
ihr Haar, „man soll nie voreilig eine Entscheidung treffen. Außerdem muss man seinem Partner die Möglichkeit geben, sich zu erklären. Und manchmal, Su, muss
man auch ein klein bisschen um sein Glück kämpfen."
Er zwinkerte ihr aufmunternd zu. „So, und jetzt schlaf
ein wenig. Vielleicht sieht schon morgen alles ganz anders aus."

„Was hat sie gesagt?", wollte Erik sofort wissen, als sein
Vater wieder in die Diele kam. Herr Reimann erzählte
es ihm und sah ihn dabei prüfend an.

„Wie kommt sie denn darauf!", sprudelte Erik heraus.
„Ich habe ihr doch keinen Grund gegeben, so etwas zu
denken. Sie müsste doch eigentlich wissen, dass ich sie
liebe."

„Muss sie das?" Sein Vater sah ihn bohrend an. „Wann
hast du ihr das zuletzt gesagt? Lässt du sie nicht viel zu

oft alleine? Irgendeinen Grund musst du ihr gegeben haben, an dir und deiner Liebe zu zweifeln."

*

Als Erik in die Küche kam, bereitete Susan bereits das Frühstück zu. „Einen wunderschönen guten Morgen", sagte er und küsste sie auf die Wange. Sie nahm wortlos die Kaffeekanne, um sie auf den Frühstückstisch zu stellen.

„Su, was ist denn nur los?" Er zog sie an sich, sie sah an ihm vorbei. „Liebes, ich kann nicht mit dir frühstücken, ich muss zu einem Seminar. Und ich komme auch spät nach Hause. Wir haben unser Konditionstraining auf heute Abend verlegt, weil am Donnerstag die Halle gebraucht wird."

Erik versuchte Susan wieder zu küssen, aber sie drehte sich schnell weg. Das war also seine Ausrede fürs heutige Rendezvous; Konditionstraining!

„Aber morgen nehme ich mir Zeit für dich, dann können wir über deine Probleme reden", versprach er.

„Morgen habe ich keine Zeit", antwortete Susan kühl, ging ins Bad und schloss hinter sich ab.

Ihr Plan stand fest. Natürlich hatte Paps Recht, als er sagte, man muss seinem Partner die Möglichkeit geben, sich zu erklären. Aber wie sollte sie Erik noch vertrauen, nach all diesen Lügen?

„Nein, keine neuen Lügen mehr", sagte sie zu ihrem Spiegelbild. „Am Mittwoch gehe ich statt seiner zum Jungfernsteg. Ich werde diese Frau bitten, mich nach Hause zu begleiten. Dann müssen sie mir beide in die Augen schauen!"

Susan seufzte. Und dann, malte sie sich aus, werde ich wortlos aufstehen, meine Sachen packen und gehen. Irgendwann werde ich Erik schon vergessen können ... irgendwann.

*

Susan war zu früh gekommen, weit und breit war niemand zu sehen. Nur einmal schlurfte ein alter Mann über den Jungfernsteg, grüßte und ging an ihr vorbei.

Susan dachte an Mildred. Sie hatte keine Ahnung, wo sie sich zurzeit aufhielt, aber sie musste sie finden! Auf keinen Fall würde sie zu ihren Eltern zurückgehen. Doch alleine konnte sie in ihrem Zustand auch nicht bleiben.

„Mildred, wo bist du nur? Ich brauche dich so!", flüsterte Susan ein stilles Stoßgebet.

Plötzlich schlenderte eine Frauengestalt über den Jungfernsteg, blieb stehen, sah sich suchend um. Das musste diese Milla sein! Susans Herz pochte wild. Sie kniff die Augen zusammen, um besser sehen zu können, aber es war zu dunkel, sie konnte die Gesichtszüge der Frau nicht erkennen.

Noch zögerte Susan. All ihr Mut war plötzlich wie weggewischt, sie fühlte sich wie ein Häufchen Elend. Doch was angefangen ist, muss zu Ende gebracht werden! Also ging sie auf die Frau zu, ohne zu wissen, was sie eigentlich sagen sollte.

Als sie nahe genug war, um der Anderen ins Gesicht sehen zu können, erkannte sie plötzlich ihre Großmutter. „Mildred! Der Himmel muss dich geschickt haben!"

Zuerst lachte Susan vor Erleichterung, doch dann fiel sie Mildred plötzlich in die Arme und weinte laut und hemmungslos.

„Mein Gott, Kind, was ist denn? Warum weinst du denn?" Bestürzt drückte sie Susan an sich. „Komm, erzähl mir alles, mein Kleines."

Susan war so froh, endlich alles erzählen zu können, dass ihre Worte so schnell über ihre Lippen sprudelten, wie die Tränen aus ihren Augen quollen. Doch je mehr Susan erzählte, desto starrer wurde Mildred, und ihre

Hände hörten auf über das Haar der Enkelin zu streichen. „Mein Gott, wie schrecklich!", sagte sie. „Ich bitte
dich, hör auf zu weinen! Ich habe diesen Brief geschrieben!"

„Du hast diesen Brief geschrieben?" Su starrte Mildred
ungläubig an.

„Ja, ich. Hör zu. Seit deiner Hochzeit, seit ich Bernhard
... ich meine Eriks Vater kenne ... er ist mein Geliebter,
verstehst du! Und ihm galt der Brief, nicht deinem Erik."

„Du und Paps?"

„Ja, wir. Wir haben das Wochenende zusammen verbracht, und er hat vorgeschlagen, bei ihm einzuziehen.
Platz genug ist ja in seinem großen Haus. Darüber wollte
ich in aller Ruhe nachdenken, deshalb bin ich weggefahren. Und weil er nicht zu Hause war, habe ich ihm diesen
Brief geschrieben. Wahrscheinlich ist er ihm dann aus
der Tasche gefallen." Mildred lächelte, strich Susan über
die Wange.

Sie hatten die Gestalt gar nicht bemerkt, die sich ihnen
langsam genähert hatte. Erst als Bernhard vor ihnen
stand, bemerkten sie ihn. „Ja, was tust du denn hier?",
fragte er Su und sah erstaunt von seiner Schwiegertochter zu Mildred.

„Paps!", sie flog ihm um den Hals. „Ist ‚ne längere Geschichte", sagte sie. „Besser, ich erzähl dir das zu Hause, in Eriks Beisein. Und dass Mildred zu uns ziehen wird, finde ich einfach super!"

Mildred und Bernhard tauschten Blicke. „Na, dann wäre das ja schon mal geklärt", sagte er und lächelte sie zärtlich an.

Nur gegen Liebe ist kein Kraut gewach-

sen

Julia breitete ihr Handtuch auf die untere Stufe und machte es sich bequem. Außer ihr war nur noch ein Mann in der Hotelsauna. Sie betrachtete ihn aus den Augenwinkeln. So um die sechzig schätzte sie ihn, und er machte einen erschöpften, abgearbeiteten Eindruck. Wie er schon dasaß! Die Ellenbogen auf die Knie gestützt, seinen rechten Fuß auf den linken gelegt, starrte er müde vor sich hin. Gestresst sah er aus, völlig am Ende.

Dem ging's wie ihr vor nicht allzu langer Zeit. Genauso war sie dagesessen, ausgelaugt, kraftlos, am Ende und krank. Die Galle, der Magen, rasende Kopfschmerzen, Herzjagen, Schlafstörungen! Und die Ärzte? Medikamente hatten sie ihr verschrieben, kistenweise Chemie! Sie war sich vorgekommen wie ein Giftdepot und hatte immer mehr von dem Zeug gebraucht. Bis sie schließlich beschlossen hatte, das ganze Zeug zu entsorgen und in Mutter Naturs Hausapotheke zu greifen. Seither ging es ihr täglich besser.

„Heiß hier drinnen, nicht wahr?", begann der Mann ein Gespräch, und sie konterte: „Ich finde, man sollte eine Klimaanlage einbauen lassen."

Sie lachten beide. „Sind Sie schon lange hier? Ich meine im Sporthotel Reichel?", fragte Julia.

Er schüttelte den Kopf. „Nein, erst seit zwei Tagen. Ein Guter Freund meinte, das sei genau das Richtige für mich."

Julia nickte. „Sie sehen müde aus, wahrscheinlich zu viel gearbeitet?"

Der Mann seufzte. „Kann man wohl sagen. Zwölf-Stunden-Tage werden langsam üblich bei mir."

„Das kenne ich!", antwortete Julia. „Man schuftet und schuftet, und plötzlich bricht man zusammen und wundert sich auch noch darüber! Dann lässt man sich durchchecken und liest im Befund des Arztes, dass man eigentlich schon halb tot ist. Ich vermute, Sie haben Gallenbeschwerden, nervöse Magenbeschwerden, leiden unter Abgespanntheit und Ermüdungserscheinung der Augen. Dazu kommen Herz- und Kreislaufbeschwerden, rasenden Kopfschmerzen und Schlafstörungen! Hab ich Recht?"

„Stimmt", sagte er, „Sie scheinen Röntgenaugen zu haben."

„Nein, das nicht." Julia schüttelte den Kopf. „Nur einschlägige Erfahrungen. Was ich aufgezählt habe, war die Liste meiner eigenen Beschwerden."

„Wir scheinen ja einiges gemein zu haben." Er lächelte.

„Jetzt nicht mehr, mir geht's nämlich wieder gut. Ich fühle mich gesund und aktiv, und ich werde auch alles tun, damit es so bleibt."

„Und wie haben Sie das erreicht? Geben sie einem leidgeplagten Mann einen guten Rat!"

„Zuerst fasste ich den Mut, mich aus den Klauen meines Arztes zu befreien", erzählte Julia. „Ich brachte das ganze Zeug, das sich in meinem Arzneischrank angehäuft hatte, zur Apotheke und ließ es vernichten. Dann beschäftigte ich mich eingehend mit der Wirkung von Heilkräutern und trank von nun an aus dem Brunnen der Natur. Außerdem nahm ich mir zwei Wochen Urlaub, in denen ich fast rund um die Uhr schlief. Ich habe mich ausgeschlafen, wie man so schön sagt."

„Sie scheinen nicht sehr viel von Ärzten zu halten?", bemerkte der Mann.

„Nein", gab Julia zu. „Ich gehe ihnen am liebsten aus dem Weg; den Damen und Herren im weißen Kittel, die so gerne ihren Rezeptblock zücken und Pillen verschreiben! Pillen in Rot, in Blau oval oder rund. Dazu Tabletten in weiß, und dann noch ein Zäpfchen hier und ein Pülverchen da. Selbstverständlich sind die Nebenwirkungen nicht wesentlich - in manchen Fällen werden nur die Nieren angegriffen, die Magenschleimhaut, man kann Ohrensausen und Schwindelgefühle bekommen, Übelkeit oder Sodbrennen. Vom Autofahren wird abgeraten, Erbrechen möglich. Atemnot nur in seltenen Fällen, bei frühzeitigem Ableben suchen Sie bitte ihren Hausarzt auf!"

Der Mann lachte. „Und wie war das mit dem Brunnen der Natur, aus dem Sie getrunken haben?" erkundigte er sich. „Was verordnen Sie zum Beispiel bei Gallenbeschwerden?"

„Bei Gallenbeschwerden hilft Mariendisteltee. Sie nehmen einen Teelöffel Mariendistelfrüchte, übergießen sie mit kochendem Wasser, lassen das fünfzehn Minuten ziehen und gießen den Tee ab. Davon trinken Sie heiß und in kleinen Schlucken dreimal täglich eine Tasse vor dem Essen. Auch Erdrauch ist gut bei Gallenbeschwerden! Und gegen nervöse Magenbeschwerden hilft Zitronen-Melisse, Bienenkraut, oder ..."

„Halt!", rief der Mann und hob abwehrend beide Hände. „Das kann ich mir doch unmöglich alles merken! Ich müsste mir das aufschreiben." Er beugte sich vor und sah Julia lächelnd in die Augen. „Sagen Sie, wie wäre es, wenn wir heute Abend zusammen essen gingen? Vielleicht ein ordentliches Steak mit Melissenkraut, Erdrauch und einer Prise Kamille gewürzt? Und dann schreibe ich mir das alles auf!"

Julia schmunzelte. „Na gut", nahm sie seine Einladung an.

*

Als Julia aus dem Aufzug trat, sah sie den Mann aus der Sauna schon. Er stand am Eingang zum Speisesaal und winkte ihr lächelnd zu.

„Ich heiße übrigens Richard Hemke", stellte er sich vor und überreichte ihr einen Strauß gelber Röschen, an denen sie lächelnd roch.

„Julia Weimar - vielen Dank für die Blumen!"

Der Ober brachte sie zu einem Tisch und reichte ihnen die Speisekarte. „Wenn ich mir erlauben darf, Herr Dr. Hemke, die Seezungenfilets Müllerin sind vorzüglich, wirklich sehr zu empfehlen. Wir haben allerdings auch frischen Spargel - oder vielleicht Artischocken mit einer Soße Vinaigrette?", schlug er vor.

„Mögen Sie Fisch?", erkundigte sich Richard bei Julia.

Sie nickte. „Gerne sogar. Ich nehme die Seezunge."

„Vorweg eine Kleinigkeit?"

„Nein, nur die Seezungenfilets und ein Glas Mineralwasser dazu."

„Für mich dasselbe, bitte." Richard sah lächelnd von Julia zum Ober und fügte an: „Aber mit einer Prise Melisse und Erdrauch, wenn möglich."

„Erdrauch? Ich fürchte, das haben wir nicht, Herr Dr. Hemke", bedauerte der Ober verwirrt und zog sich zurück.

„Sie hatten sich bei mir nur mit Richard Hemke vorgestellt, den Titel haben Sie weggelassen", sagte Julia und fragte: „Doktor der was sind Sie denn, wenn ich so neugierig sein darf? Psychologie vielleicht? Oder gar ..." sie überlegte. „Jetzt weiß ich - Sie sind Politologe mit einem Hang zur Diplomatie. Könnte es sein, dass Sie Botschafter sind?" Julia lachte vergnügt.

„Nein, das nicht." Richard nahm seine Brille ab und begann sie ausführlich zu putzen. Die Verlegenheit stand ihm im Gesicht, wie ein drei Tage alter Bart. „Ich bin Mediziner, muss ich zu meiner Schande gestehen. Internist. Ich hoffe, Sie essen trotzdem mit mir?"

„O nein!" stöhnte Julia. „Das heißt ja ... ich meine ..." Sie brach ab und schüttelte den Kopf. „Da hab ich mich ja ganz schön in die Nesseln gesetzt!" Sie lachte, dann sagte sie: „Aber natürlich esse ich mit Ihnen. Ich finde, man muss dem Feinde mutig ins Auge schauen!"

„Eben", sagte Richard, setzte seine Brille wieder auf und fing gleich mal damit an.

Der Nebenbuhler

Wie immer, wenn diese Tombola vom Verein 'Menschen für den Frieden' stattfand und Barbara ihn dorthin schleppen wollte, versuchte Gabriel, der leidlichen Pflicht zu entkommen. Aber wenn Barbara sich einer Sache erstmal verschrieben hatte, gab es kein Entrinnen, da konnte sie gnadenlos sein!

Jetzt saßen sie im Auto und fuhren Richtung Schönhofen - ein kleines Dorf, in dem es eine große Scheune gab, die für Hochzeiten, Jubiläumsfeiern und andere 'bunte Veranstaltungen' vermietet wurde.

„Letztes Jahr haben wir einen Gartenzwerg gewonnen", maulte Gabriel, „und ich hasse Gartenzwerge! Vorletztes Jahr war es ein Taubenhaus auf einem blau-weißen Pfahl. Dabei haben wir doch gar keine Tauben, und Gott behüte, ich will auch keine haben!"

„Was regst du dich auf?" Barbara sah ihn kopfschüttelnd an. „Es war doch für einen guten Zweck, und außerdem habe ich beides im Jahr danach wieder für die Tombola gespendet."

„Aber zuerst lag es zu Hause im Weg, und außerdem was soll das? Man gewinnt etwas und spendet es dann wieder! Warum kann man nicht wenigstens eine Flasche Schnaps bekommen, oder meinetwegen ein paar warme Wintersocken?"

„Weil Schnaps und Wintersocken jeder selbst behalten will. Auf Tombolas wird eben verlost, was man nicht mehr braucht. Und überhaupt", sagte Barbara, „wir haben zweimal hintereinander gewonnen, ein drittes Mal bestimmt nicht. So viel Glück haben nicht mal wir!" Sie lächelte ihn honigsüß an und zwickte ihn in die Wange.

„Lass das!" Gabriel war sauer und wollte es gefälligst auch bleiben dürfen.

Aber was den Gewinn betraf, hatte sich Barbara getäuscht. Fortuna meinte es offensichtlich gut mit ihr, denn auf einem der drei Lose, die sie gekauft hatte, stand in fetten Lettern: Sie haben gewonnen!

„Wenn es ein Gartenzwerg ist, verweigere ich die Annahme!", schimpfte Gabriel und sah seiner Frau missmutig nach, wie sie Richtung 'Gewinnausgabe' davon marschierte.

„Na?", fragte Gabriel, als sie eine Viertelstunde später wieder vor ihm stand. „Wo hast du denn deinen Traumgewinn?"

„Schon im Auto.“ Sie blinzelte Gabriel aus ihren großen, blauen Augen harmlos an. „Er ist wirklich herzallerliebst, und er wird dir gefallen!“

Barbara wusste natürlich, dass dem nicht so sein würde, denn so wenig wie Gabriel Tauben haben wollte, war er wild auf ein weißes Kaninchen. Doch sie hoffte, mit der Zeit würde er sich schon an das Tierchen gewöhnen …

*

Gabriel schrie auf, zog blitzschnell den Fuß zurück und starrte hasserfüllt auf dieses gemeingefährliche, abscheuliche, dieses durch und durch widerwärtige Kaninchen. Es hatte ihn in die große Zehe gebissen! Nur weil er seine Frau zur Begrüßung küssen wollte! „Das geht zu weit“, flüsterte er mit hochrotem Kopf, und rief es noch mal laut, ganz laut: „Das geht entschieden zu weit!“

Barbara beobachtete mit angehaltenem Atem, wie Gabriel erst seine Sandale, dann den Strumpf auszog, wie er seine blutende Zehe untersuchte, sich wieder aufrichtete und schließlich mit hochrotem Kopf und zähneknirschend aus dem Zimmer humpelte. Erleichtert darüber, dass er sich so schnell beruhigt hatte, blies sie den angehaltenen Atem aus. Doch sie hatte sich zu früh gefreut, denn zwei Minuten später stand er schon wieder vor ihr - in der Hand hielt er eine Axt!

„Du willst doch nicht etwa ..." Sie schnappte nach Luft und flüsterte kreidebleich: „Nein, das kannst du nicht tun!"

„Doch, du wirst staunen, ich kann!" Gabriel sah sie messerscharf an. „Das Maß ist voll, dieses Vieh hat mich viermal gebissen! Ein fünftes Mal wird es mich nicht mehr anfallen, bloß weil ich mir erlaube, beim Nachhausekommen meine Frau zu küssen!" Er schwang die Axt. „Wir führten eine glückliche Ehe, bevor wir dieses Ungeheuer bei der dämlichen Tombola gewonnen haben! Wo ist es, dieses verdammte, eifersüchtige Karnickel? Ich mach' es einen Kopf kürzer!" Er sah sich um, aber von Max war nichts zu sehen. Der hatte wohl Lunte gerochen und sich verkrümelt.

Gabriel sah hinter den Korb, in dem das Kaminholz lag. „Pa!", machte er. „Von wegen harmlos - wer den gemeingefährlichen Rammler an die Tombola ‚gespendet' hat", das Wort zog er bedeutungsschwanger lang, „der wusste schon warum!"

Er stürmte Richtung Ofenbank, Barbara folgte ihm und hielt ihn am Ärmel fest. „Na gut, Max hat dich ein paarmal gebissen, das war sehr ungezogen; aber was du jetzt vorhast, steht doch wohl in keinem Verhältnis zur Tat!"

„So, findest du?" Gabriel riss sich los. „Ich bin da anderer Meinung. Dieses Vieh muss verschwinden! Hier hat nur einer von uns beiden Platz! Du kannst dich entscheiden - er oder ich!"

Er rückte den Sessel zur Seite, aber von Max keine Spur! „Die Bestie spielt sich auf, als wärst du seine Häsin und dies sein Revier!", schimpfte er weiter. „Kaum komme ich in deine Nähe, beißt er mich in die Flucht!"

„Bestie …" Barbara schüttelte den Kopf. „Du übertreibst doch maßlos! Max ist völlig harmlos!"

„Haha!", machte Gabriel und sah unter den Schrank. „Max ist weder harmlos, noch zu was nütze. Er schmeckt nicht, legt keine Ostereier und gehört noch nicht mal zur Gattung der Wollkaninchen!"

„Angorakaninchen", verbesserte Barbara. „Und wie er schmeckt, weißt du doch gar nicht."

„Wir können es ja probieren!", schlug er vor.

Barbara seufzte. „Bitte Gabriel, lass uns in Ruhe nach einer vernünftigen Lösung suchen. Vielleicht finden wir ja jemanden, der Max zu sich nehmen will.“

„Wem willst du denn reinen Gewissens so ein gemeingefährliches Biest andrehen, hm?“ Er sah sie aus dünnen Augenschlitzen an, legte sich dann platt auf den Boden, hob das Volant des Sofas hoch und rief zufrieden: „Ah, da ist er ja, unser süßer kleiner Max! Weißt du was, Junge, jetzt geht's ab in die Pfanne mit dir!“ Sagte es und wollte nach ihm greifen, zog aber sofort die Hand zurück, als Barbara rief: „Tu's nicht, bestimmt beißt er dich wieder!“

Gabriel stand auf. Die Axt hielt er in seiner Rechten, mit der Linken kratzte er sich am Kopf. Da klingelte es.

„Ich öffne!“, sagte Barbara in der Hoffnung, dass es jemand sein würde, der Gabriel zur Vernunft bringen konnte, und düste ab.

„Egal wer da kommt, ich töte das Vieh!“, rief Gabriel ihr nach. „Und dabei bleibt es!“

Gabriel schlug mit der Faust aufs Sofa in der Hoffnung, Max bekäme Angst und würde die Flucht nach vorne ergreifen. Aber Max war schlau genug zu bleiben, wo er war. Gabriel stieß einige, nicht druckfähige Flüche aus und zuckte plötzlich zusammen, als eine helle, vertraute

Stimme rief hinter ertönte: „Ja Gabriel, mein liiieber Junge!"

Das war unverkennbar Tante Otti - die fehlte ihm gerade noch! Er fuhr wie vom Blitz getroffen herum und hätte fast die Axt fallen lassen, als Tante Otti, die gerade dabei war, auf ihn zuzustürmen, unvermittelt einen Haken schlug und schrill aufschrie, ganz so als ob einer ihr ans Leben wollte.

Barbara legte einen Arm um ihre Schulter und tätschelte sie beschwichtigend. „Aber Tantchen, was hast du denn? Du zitterst ja!"

„Der Junge ... die Axt!", stammelte sie. „Und dann dieser mordlüsterne Blick! Ich dachte schon ..." Sie brach ab und atmete tief durch.

Was blieb Gabriel da anderes übrig, als die Hasenjagd abzubrechen und sich von seiner Tante Otti an den mächtigen Busen drücken zu lassen. Barbara nahm ihm vorher schnell noch die Axt ab und versteckte sie.

„Was wolltest du denn mit dem Beil, mein Junge?", fragte Otti.

„Ach ... also nichts Bestimmtes ..." Er räusperte sich.

„Er wollte ...", begann Barbara.

Doch Gabriel fiel ihr ins Wort: „Nun setz dich doch erstmal, Tantchen. Wie wär's mit einem Gläschen Sherry?"
Otti trank Sherry für ihr Leben gerne. Und seit Onkel Max vor zwei Jahren im stolzen Alter von 89 Jahren das Zeitliche gesegnet hatte, trank sie davon eine ganze Menge.

„Nun, warum eigentlich nicht …" Otti zwinkerte Barbara zu. „Der Junge ist immer so lieb und aufmerksam!"

„Ach ja?" Barbara sah ihren Mann giftig an. „Ist er das?"

Gabriel schenkte drei Sherry ein, hob sein Glas und prostete Otti zu.

„Auf euch, meine Kinder!", rief Otti fröhlich. Dann folgte ein zweiter schriller Schrei aus ihrem Mund, denn Max hatte sich aus seinem Versteck gewagt und war auf ihren Schoß gesprungen.

Einen Augenblick war es so still, dass man eine Stecknadel hätte fallen hören können. Doch als Otti geortet hatte, dass das Ding auf ihrem Schoß ein harmloses, kleines Kaninchen war, sprudelte sie los: „Ja was ist denn das? Nein, wie süß! Ein Kaninchen!"

Max machte artig Männchen und näselte Tante Otti an. Er schien genau zu wissen, dass es hier um Kopf und

Kragen ging - und zwar um seinen! Er bot seinen ganzen Liebreiz auf, um Otti zu gefallen.

„Nein, wie süß!", wiederholte sie, streichelte ihn und war einfach entzückt.

Barbara und Gabriel tauschten Blicke. Barbara wusste, was Gabriel jetzt dachte, und sie dachte das gleiche - Otti war die Lösung! Aber so einfach würde sie ihren Göttergatten nicht davonkommen lassen, das schwor sie ihm mit Blicken, die ihn nichts Gutes ahnen ließen. Denn wenn Barbara ihn so ansah, dann war was im Busch!

„Er heißt Max", sagte Barbara und Otti rief gerührt: „Wie euer Onkel selig!" Sie herzte das Kaninchen, das sich ihre Liebesbezeugungen gerne gefallen ließ.

„Weißt du Tante Otti, eigentlich bist du ganz ungelegen gekommen. Gabriel wollte nämlich gerade ..."

„Noch ein Gläschen Sherry, Tante Otti?", fiel Gabriel seiner Frau hastig ins Wort und schenkte auch schon nach.

„Also Gabriel wollte ..."

„Du auch noch, Liebling?", fuhr er dazwischen.

„Nein, danke - Liebling!" Das Wort Liebling betonte Barbara spitz und wandte sich wieder an Tante Otti.

„Er wollte gerade einen Stall für Max bauen. Also wo du Max nun schon mal gesehen hast, können wir es dir ja sagen. Wir hatten vor, ihn dir zum Achtzigsten zu schenken, damit du nicht immer so alleine bist. Er ist nämlich ein ganz besonderes Kaninchen."

„Das kann man wohl sagen", bestätigte Gabriel eine Spur zu ironisch.

„Ach nein, wie reizend!", rief Tante Otti. „Bestimmt war das Gabriels Idee - der liiiebe Junge weiß immer so gut, was mir fehlt!"

„Ja wirklich, ein liiieber Junge", bestätigte Barbara mit süßem Gift in der Stimme. „Er denkt immer nur an andere, nie an sich selbst!"

„Ich bitte dich", knurrte er sie an, weil er genau wusste, dass sie das Gegenteil meinte.

„Doch wirklich!" Barbara sah Otti an. „Stell dir nur vor, er verzichtet sogar auf seine alljährliche Angelpartie und fährt mit mir endlich einmal ins Gebirge. Hat er mir gerade versprochen!"

„Nicht möglich!“ Erstaunt sah Tante Otti von Barbara zu Gabriel. Seine alljährliche Angelpartie mit seinen zwei besten Freunden war ihm heilig, und bisher konnte ihn nichts und niemand davon abhalten.

Gabriel wollte gerade aufbegehren, als Barbara ihm das Wort abschnitt: „Wir hatten nämlich gerade als du kamst ein sehr ausführliches Gespräch über das Töten von unschuldigen Tieren, wie zum Beispiel Fische oder Kaninchen ...

„Schon gut“, murmelte Gabriel mit Blick auf seine Frau, „ich habe verstanden.“

„Außerdem sieht er ein, dass er mich in letzter Zeit sehr vernachlässigt hat.“

„Der Junge ist eben ganz sein Papa!“ Gabriels Vater war Tante Ottis einziger und über alles geliebter Bruder.

„Nun ja“, sagte er kleinlaut, „man muss schließlich auch mal auf seine Frau Rücksicht nehmen.“

„Eben“, flötete Barbara - die falsche Schlange! - und Gabriel knirschte mit den Zähnen.

„Und außerdem, Tante Otti, fahren wir dieses Jahr im Urlaub nicht wie sonst ans Meer, sondern endlich mal nach Rom oder Paris!“

„Also, das geht nun aber wirklich zu weit!", fuhr Gabriel
auf.

„Was sagtest du, Liebling?" Barbaras Stimme klang Honigsüß, aber ihre Augen signalisierten Unheil, falls er
sich nicht fügte.

„Ich sagte, Rom ist zwar weit, aber wenn du unbedingt
möchtest ..." Gabriel seufzte. *Dieses verdammte Kaninchen!*, dachte er und schwor sich, nie wieder an einer
Tombola teilzunehmen.

Vierhändig

Endlich hatte Irene ein Klavier. Sie öffnete den Deckel, schlug zögernd das C an und lauschte dem Ton nach. Dabei klopfte ihr Herz wie das eines jungen Mädchens beim ersten Rendezvous. „Spiel doch", ermunterte sie sich selbst, „du hast lange genug auf diesen Augenblick gewartet!" Doch sie war wie blockiert.

Wenn Hartmut jetzt da wäre, würde er sie auslachen. Und was noch schlimmer wäre: Er würde sie zwingen zu spielen. Doch Hartmut war nicht mehr da! Seit sechs Monaten war sie geschieden und konnte jetzt tun und lassen, was sie wollte. Also klappte sie den Deckel zu und rief den Klavierstimmer an, um mit ihm einen Termin für nächste Woche zu vereinbaren.

Gregor Liebert wusste sofort, von wem Irene das Klavier übernommen hatte. „Sie haben es den Becks abgekauft", sagte er. Dabei deutete er auf eine Schramme. „Daran erkenne ich es."

Als Irene sich über sein Gedächtnis wunderte, lachte er nur. „Ein Klavier ist für mich dasselbe, wie der Patient für einen Arzt." Er öffnete den Klavierkasten und plauderte dabei weiter. „Wie gut spielen Sie denn?"

„Ach, nicht sehr gut - um ehrlich zu sein, ich habe seit Jahren nicht mehr gespielt.“

„Aber das Klavier steht doch mindestens schon seit zwei Woche bei Ihnen. So lange haben die Becks jedenfalls schon ein neues.“

„Zwölf Tage“, bestätigte Irene. „Ich habe mir immer ein Klavier gewünscht, aber mein geschiedener Mann ... nun ja, er wollte das nicht.“

„Und jetzt, wo sie wieder alleine sind, haben Sie sich den Traum erfüllt?“

Irene nickte.

Gregor öffnete seine Werkzeugtasche und suchte nach der Stimmgabel. „Wissen Sie, ich kann Sie gut verstehen“, sagte er währenddessen. „Mir geht es ähnlich. Schon als Junge wollte ich unbedingt nach Ägypten und die Pyramiden sehen. Aber meine Eltern konnten sich die Reise nicht leisten. Und später hatte ich eine eigene Familie, und das Geschäft musste aufgebaut werden. Jetzt bin ich wieder allein, hätte Zeit und genügend Geld, mir meinen Wunsch zu erfüllen, aber ich kann mich nicht entschließen. Ich glaube, es ist die Angst, einen Traum zu verlieren, der immer zu meinem Leben gehörte.“

Er schlug einen Ton an und horchte dem Klang nach.

Merkwürdig, dachte Irene. Hartmut hatte sie immer alles erklären müssen. Aber dieser Mann verstand sie ohne viel Worte.

„Darf ich Ihnen eine Tasse Tee anbieten?", fragte sie.

„Ja, gern", nahm er ihre Einladung an.

Beim Zubereiten des Tees summte Irene leise vor sich hin. Er ist also auch ungebunden, ging es ihr durch den Kopf. Und was für schöne Hände er hat! Sie stellte die Kanne, Tassen und ein paar Kekse auf ein Tablett, trug alles ins Wohnzimmer und deckte dort den Tisch.

„So", sagte Gregor, „ich bin fertig. Hören Sie!" Er spielte eine Tonleiter, schlug ein paar Akkorde an und nickte zufrieden. „Wollen Sie's mal versuchen?"

Irene wehrte ab. „Aber spielen Sie doch für mich, ich würde mich freuen!"

Er setzte sich und spielte ein Lied, das Irene aus ihrer Kindheit kannte.

„Robert Schumann", sagte sie lächelnd. „Als Kind habe ich es mit meinem Vater oft vierhändig gespielt."

*

Einige Tage später rief sie Gregor Liebert zum zweiten Mal an. „Ich habe das Klavier umgestellt. Der Platz hinter der Tür war nicht gut gewählt", behauptete sie. „Es muss wohl nachgestimmt werden."

Gregor kam schon am nächsten Tag. „Ja", meinte er nach einem prüfenden Blick, „zwischen den Fenstern steht es wirklich besser."

Als er mit seiner Arbeit fertig war, fragte er: „Haben Sie denn inzwischen mal gespielt?"

Irene nickte. Sie setzte sich ans Klavier und spielte das Lied von Robert Schumann. Als sie fertig war, sah sie Gregor an. „Würden Sie es mit mir vierhändig versuchen?"

„Vierhändig - ob ich das kann?"

Nebeneinander glitten ihre Hände über die Tasten. Gregor erwischte den falschen Ton, sie lachten und begannen wieder von vorn. Dabei schaute er Irene verstohlen von der Seite an. Wie glücklich sie heute wirkte!

Schließlich suchte er sein Werkzeug zusammen, Irene half ihm dabei. Doch als er abgelenkt war, schob sie unbemerkt den Stimmschlüssel unter das Notenpaket, das auf dem Klavier lag.

Gregor gab ihr zum Abschied die Hand. Warm und weich war sie. „Eine gute Zeit und viel Spaß mit dem Klavier", sagte er.

„Auf bald", flüsterte Irene, als die Wohnungstür ins Schloss gefallen war, ging zum Fenster und sah ihm lächelnd nach.

Am nächsten Morgen wählte sie noch einmal seine Nummer. „Sie haben etwas bei mir vergessen", sagte sie, als Gregor sich meldete. „Es ist ein Stimmschlüssel. Er lag neben dem Notenstapel auf dem Klavier."

Einen Moment war es still, dann lachte Gregor. „Gut, ich komme so gegen fünf."

Irene hätte jauchzen mögen vor Freude. Um vier Uhr zog sie sich um, legte ein dezentes Make-up auf und schaltete in der Küche das Teewasser ein. Aber Gregor kam nicht. Sie wartete. Es wurde sechs, es wurde sieben. Da rief sie sich ernüchtert zur Ordnung. Wie hatte sie sich nur so Hals über Kopf verlieben können? Vermutlich war er gebunden und hatte obendrein ihre Manipulation durchschaut. Wie peinlich!

Sie setzte sich ans Klavier. Brahms, Liszt, Chopin, die Töne perlten unter ihren Händen in den Raum, und ganz allmählich löste sich ihre seelische Spannung.

Kaum war der letzte Ton verklungen, läutete es an der Wohnungstür. Irene ging hinaus und öffnete. „Herr Liebert!", rief sie erstaunt.

„Ich habe mich verspätet", entschuldigte er sich. „Darf ich trotzdem reinkommen?"

„Natürlich." Irene trat zur Seite. Sie schwankte ein wenig, als sie die Blumen entgegennahm, die er ihr mitgebracht hatte.

„Und hier!" Er zog einen Briefumschlag aus der Jackentasche. „Ich habe zwei Konzertkarten. Wenn wir uns beeilen, können wir noch rechtzeitig dort sein."

Als Irene nichts sagte, sondern ihn nur ungläubig ansah, nahm er ihren Mantel von der Garderobe und hielt ihn ihr zum Hineinschlüpfen entgegen.

Da kam endlich wieder Leben in sie. „Gleich, ich stell' nur schnell die Blumen ins Wasser!"

Einige Augenblicke später ließ sie sich in den Mantel helfen, dann ging sie neben Gregor die Treppe hinunter. Auf der Straße hakte er sie unter, so als wären sie seit Ewigkeiten miteinander bekannt. Ein lauer Abendwind strich ihr durchs Haar, und sie lächelte glücklich.

Der Glückstreffer

Renate betrachtete den Brief und las den Absender: BIO-MARGARINE, WENDELSHEIM. Was die wohl von ihr wollten?

Und dann fiel es ihr plötzlich wieder ein - Himmel ja, das Preisausschreiben! Sie hatte teilgenommen, um den zweiten Preis zu gewinnen. Einen Mikrowellenherd mit allem Drum und Dran! Sie brauchte ihn wegen der Doppelbelastung - Haushalt und Studium. Denn seit zwei Monaten nahm sie an einem Uni-Projekt teil, das sich ‚Seniorenstudium' nannte und für Leute ab 50 gedacht war. Unverbindlich und je nach Interesse studieren, ohne an Maßgaben gebunden zu sein. Sie hoffte, danach wieder in ihrem alten Job als Chemikerin arbeiten zu können. Und wenn nicht, hatte sie was für ihre grauen Zellen getan. Doch leider weigerte sich ihr Göttergatte hartnäckig, dass sie sich eine Mikrowelle anschafften. Weil er erstens ein alter Knauserer war und zweitens befürchtete, er könnte zu kurz kommen, falls sie nach zwanzigjähriger Pause tatsächlich wieder Arbeit fände.

Mit fliegenden Fingern und klopfendem Herzen riss sie den Umschlag auf und überflog die Zeilen.

„Sehr geehrte Frau Wieland ... beglückwünschen wir sie zum 1. Preis! Ein Wochenende in Paris, mit einem der unten aufgeführten Schauspieler Ihrer Wahl!“

„O nein!“, rief Renate, las das Ganze noch einmal durch und sagte dann leise: „Das ist gemein, ich wollte doch den zweiten Preis!“ Fast hätte sie mit dem Fuß aufgestampft. Was sollte sie mit einem Schauspieler? Der würde bestimmt nicht für ihre Familie kochen, während sie sich auf der Uni mit chemischen Formeln herumschlug.

Ihre Enttäuschung war riesengroß.

„Umtauschen“, ging es ihr durch den Kopf. „Ich tausche ihn einfach um!“

Und schon hatte sie den Telefonhörer in der Hand und ließ sich mit der zuständigen Frau Biomargarine verbinden. Renate erzählte ihr in einem langen Monolog von Studium, Stress und Ehemann und hoffte auf Frau Biomargarines schwesterliches Verständnis.

Doch die Dame war herzlos. „Tut mir leid, aber die Preise können nicht in bar ausbezahlt werden. Nein, wir können auch keine zwei zweiten Preise vergeben - und umtauschen? Nein, also das schon gar nicht!“

Renate legte verbittert auf und nahm das Schreiben wieder zur Hand. Sie las die Namen der Schauspieler durch. Es standen drei männliche und drei weibliche zur Auswahl.

„Dann doch lieber einen Mann!", murmelte sie und dachte: *Einen, mit dem ich Ferdinand eifersüchtig machen kann. Wenn schon keinen Mikrowellenherd, dann wenigstens ein bisschen frischen Wind für unsere in die Jahre gekommene Ehe!* Ihr war ganz elend zumute, sie hätte heulen können. Fortuna, die Glücksgöttin, hatte sich als hämische alte Hexe erwiesen.

Abends, bei Gulasch und Basmatireis, ließ Renate die Katze aus dem Sack. „Ich habe übrigens gewonnen", sagte sie, schob sich eine Gabelfuhre Gulasch in den Mund und sah ihre Lieben stolz an. „Den ersten Preis eines Preisausschreibens."

Sabine, ihre achtzehnjährige Tochter, vergaß zu kauen, Ferdinand runzelte die Stirn.

Renate versuchte richtig glücklich zu lächeln, was ihr nur mit Mühe gelang. „Warum schaut ihr mich denn so verdutzt an?", fragte sie. „Glaubt ihr vielleicht, nur andere Leute gewinnen bei einem Preisausschreiben?"

„Nee, n' blindes Huhn findet sicher auch mal 'n Korn", meinte Sabine und grinste breit. „Was hast du denn gewonnen? Ein Sportwagen? Nein, ich weiß - eine Traumreise für zwei Personen! Und du nimmst nicht Papa sondern mich mit, weil Papa nämlich keinen Urlaub mehr hat!"

„Keine Traumreise. Eher einen Traum!" Renate ließ ihren Blick verzückt in die Ferne schweifen, seufzte und sah dann Ferdinand an. „Obwohl, eine kleine Reise ist auch dabei. Bloß mitnehmen werde ich keinen von euch, der Reisepartner wird nämlich sozusagen mitgeliefert ..."

Sabine sah sie mit großen Augen an. „Na, nun mach's doch nicht so spannend! Sag schon endlich, was du gewonnen hast!"

„Ein Wochenende mit Adrian Baptiste in Paris."

„Hey, wou! Adrian Baptiste, der Schauspieler etwa?", fragte Sabine verblüfft.

„Wusste gar nicht, dass du für Schauspieler schwärmst", brummte Ferdinand.

„Für Schauspieler nicht, aber für Adrian schon ... ich meine als Mann." Renate kringelte eine Haarsträhne um ihren Finger und seufzte verträumt.

„So?“

„Mhm!“

„Also, gut aussehen tut er ja“, stimmte ihr Sabine zu. „Aber mir wäre er zu alt.“

„Mir nicht. Er ist 50, ich bin 53 - das passt doch prima!“

„Was heißt, das passt doch prima? Du tust ja gerade so, als ob ... als ob du ihn heiraten wolltest!“, grantelte Ferdinand. Er ließ seine Gabel auf den Teller fallen, zog verärgert ein Taschentuch aus der Hose und schnäuzte sich geräuschvoll die Nase.

„Paps!“, rief Sabine streng. „Du weißt doch, dass Mama das beim Essen nicht leiden kann!“

„Herrjemine! Man wird sich doch wohl noch schnäuzen dürfen!“ Er steckte das Taschentuch wieder in die Hosen und sah seine beiden Damen ärgerlich an.

„Heiraten natürlich nicht“, nahm Renate den Faden wieder auf, „aber ... na ja. Also zu so einem Wochenende gehört natürlich auch Programm. Gemeinsam zum Essen in ein schickes Restaurant gehen, in die Oper, oder auf einen Ball. Was soll ich da mit einem Zwanzigjährigen? Vielleicht ein Popkonzert besuchen?“

„Warum nicht?" Sabine zwinkerte ihrer Mutter zu. „So wie du aussiehst, lassen die dich da bestimmt noch rein! Nein wirklich, du siehst echt spitze aus - sagen auch alle meine Freundinnen! Bestimmt wird das ein superheißes Wochenende mit Adrian in Paris! Wann soll's denn losgehen?"

Renate hatte das dumpfe Gefühl, dass ihre Tochter sie durchschaute, und das war ihr jetzt doch irgendwie peinlich. „An Ostern", sagte sie und räusperte sich. „Von Karfreitag bis Montag."

„Also, mir passt das nicht!" Ferdinand und ließ seine flache Hand auf den Tisch sausen. „Du kannst uns doch hier nicht ein ganzes Wochenende allein lassen und dich so einfach in Paris vergnügen! Und dann auch noch an Ostern! Ich meine, das ist immerhin ein Familienfest!"

Sabine sah ihren Vater mit diesem aufmüpfigen Blick an, den er so gar nicht leiden konnte. „Was heißt Familienfest? Du stellst dir doch hoffentlich nicht vor, dass ich an Mamas Hand süße kleine Schokoladen-Ostereier suche, die du vorher unauffällig verloren hast? Ich bin schließlich 18 Jahre alt, und an den Osterhasen glaube ich schon lange nicht mehr! Und im Übrigen lässt du uns doch auch alleine, wenn du an Pfingsten mit Onkel Fritz und Elmar zum Angeln fährst. Immerhin leben wir im

Zeitalter der Emanzipation, Paps, und Mama ist erwachsen!"

Renate und Ferdinand sahen sich erstaunt an. Gestern noch hatte ein kleines süßes Mädchen mit ihnen am Tisch gesessen - und nun war plötzlich eine Frauenrechtlerin daraus geworden. Ja hatten sie beide denn die Zeit verschlafen?"

Spät abends, als Renate zu Ferdinand ins Bett schlüpfte, nahm er das Gespräch wieder auf. Er beugte sich über sie, sah sie verunsichert an und fragte: „Gefällt dir dieser Adrian Dingsda wirklich so gut? Ich meine, was hat er denn, das ich nicht auch hätte?"

Sie zog die Bettdecke bis unter die Nase und sah ihn aus großen Augen ernst an. „Er schnäuzt sich nicht beim Essen - bestimmt nicht! Und er hat keine Plattfüße und keinen Bauchansatz. Er lächelt immer, ist nie schlampig angezogen, ist großzügig und morgens niemals schlecht gelaunt. Und ganz bestimmt trägt er keine gestreiften Schlafanzüge!" Sie knipste das Licht aus, knipste es noch einmal an, beugte sich zu Ferdinand und sagte: „Und er würde mir sicher einen Mikrowellenherd schenken, damit ich mehr Zeit für mein Studium habe! Er ist eben anders als andere Männer! Er ist etwas Besonderes, sonst wäre er nicht der große, berühmte Adrian Baptiste!"

Nun löschte sie endgültig das Licht und zog die Bettdecke über den Kopf, denn sie hatte alle Mühe, sich das Lachen zu verkneifen. Ferdinand war doch tatsächlich eifersüchtig! Vielleicht erwies sich ja der erste Preis doch noch als Glückstreffer ...

„Woher willst du das wissen?", fragte Ferdinand beim Frühstück.

Renate sah ihn verständnislos an. „Na, dass dieser Adrian Baptiste keine Plattfüße hat, immer gutgelaunt ist und was weiß ich noch alles."

„Aber Paps", mischte sich Sabine ein. „Das ist doch klar! Der Mann ist ein Idol, der hat Klasse und weiß, worauf es ankommt!"

„Halt du dich da raus!", fuhr Ferdinand seine Tochter an. Dann duckte er sich und funkelte Renate aus zornig dreinblickenden Augen an. „Und überhaupt, was interessieren dich seine Schlafanzüge?!" Er schlug mit der flachen Hand auf den Tisch, dass die Tassen klirrten. „Ich erlaube dir nicht, mit diesem Schnösel in Paris rumzuflirten, du bleibst hier!"

*

Ferdinand war wie aus dem Ei gepellt und hatte sogar Blumen mitgebracht, als er seine Frau mit Sabine im Schlepptau am Ostermontag vom Flughafen abholte.

„Mmm, wie gut die riechen, und wie hübsch die sind!“ Renate tauchte ihr Gesicht in den Strauß, damit Ferdinand ihr amüsiertes Grinsen nicht sehen konnte. „Wie geht’s euch?“

„Uns? Och, ganz prima! Und dir?“

„Mir geht’s ... also, ich fühle mich mindestens zehn Jahre jünger!“

„Aha.“ Ferdinand zog die Schultern hoch und lächelte säuerlich. Er hätte sich gern näher erkundigt, aber das ‘Kind’ war ja dabei. „Tja dann“, sagte er. „Am besten ihr wartet hier mit dem Koffer, und ich hole das Auto. Es steht nämlich ziemlich weit weg.“

Kaum war Ferdinand außer Hörweite, stürmte Sabine auf ihre Mutter ein. „Na, nun sag schon wie war’s! Und wie war ER?!“

Renate seufzte theatralische. „Er war ... einfach umwerfend! Immer perfekt angezogen, hat ständig gelächelt - so ein Leinwandlächeln, weißt du. Und grantig war er nur einmal, als ich ihn fragte, ob er Einlagen trägt.“

Sabine kicherte. „Das hast du wirklich gefragt?"

„Warum nicht? Immerhin hab ich ihn gewonnen, und umtauschen wollten sie ihn mir ja nicht. Ach ja, und er trägt ein Korsett, musst du dir mal vorstellen!" Sie sah, wie Sabines Augen plötzlich groß wurden, lachte und beruhigte ihre Tochter: „Das habe ich beim Tanzen gefühlt."

„Ach so ..." Sabine atmete aus. „Und weiter?"

„Außerdem riecht er furchtbar nach Knoblauch, kuckt in jeden Spiegel, ist verhätschelt und arrogant und schrecklich langweilig." Renate lachte. „Aber das braucht dein Vater natürlich nicht zu wissen."

„Klar doch!" Nun war Sabine es, die lachte. „Du hättest sehen sollen, wie er in diesen drei Tagen herumgelaufen ist - wie ein aufgescheuchtes Huhn! Und geschlafen hat er auch kaum, dafür aber 'ne ganze Menge gebechert und Unmengen Schokoladeneier in sich reingestopft. Und dann ... aber das erzähl ich dir lieber nicht, das soll 'ne Überraschung sein. Da kommt er schon!"

Ferdinand stoppte, stieg aus und öffnete den Kofferraum. Doch statt ihr das Gepäck abzunehmen und hineinzuhieven, stellte er sich ans Auto, verschränkte die Arme und sagte: „Übrigens, hier ist noch ein Ostergeschenk für Dich!"

Neugierig trat sie an den Kofferraum, um hineinzublicken. Zuerst war sie sprachlos, dann rief sie: „Nein, das gibt's doch nicht! Ein Mikrowellenherd!" Ihre Finger glitten über den Karton, sie fiel Ferdinand um den Hals und flüsterte: „Danke, du, ich weiß jetzt gar nicht, was ich sagen soll!"

„Ach, lass nur", wehrte er großmütig ab, „das ist doch irgendwie selbstverständlich! Ich meine, wo du den ganzen Haushalt machst und nebenbei noch studierst."

Er ließ sich ausführlich küssen und fragte dann fast förmlich: „Sag mal, liebst du mich eigentlich noch?"

Renate sah ihn lange an. Dann antwortete sie mit einem Seufzen in der Stimme: „Weißt du, dich liebe ich und alles andere ... ach, das war doch nur Wochenende."

Dann schon lieber einen Hund

Als Florian mit den Prospekten nach Hause kam, hatte Johanna gleich so ein komisches Gefühl. Ein Junge von zweiundzwanzig Jahren, der sich für eine Ostseekreuzfahrt interessierte? Kiel, Kopenhagen, Tallinn, St. Petersburg, Helsinki, Stockholm und zurück? Der gerade frisch verliebt war in Bettina mit den knallroten Haaren? Und dann so eine 'Etabliertenreise'? Da musste was im Busch sein!

„Schau Mama, das ist doch ein wahnsinnig tolles Schiff!" Er tippte mit dem Finger auf die Abbildung der MS Gorki II.

Mit Stirnkrausen sah sie ihn an. „Ja schon, aber seit wann interessierst du dich für Schiffe?"

„Und hier!" Er schlug die Seite mit dem 'reichhaltigen Buffet' auf. Ganz vorne war ein riesiger Ostseelachs abgebildet, daneben ein lächelnder Koch und eine Dame im Abendkleid an der Seite des Kapitäns. „Zu Essen gibt's da Sachen, das ist der reine Wahnsinn! Alles nur vom Feinsten!"

„Schön für die Leute, die sich so eine Reise leisten können", sagte Johanna trocken. „Und warum zeigst du mir
das?"

„Du würdest dich doch sicher freuen, wenn ich so eine
Wahnsinnsreise machen könnte?"

„Mhm", murmelte sie.

„Und dann auch noch ganz umsonst!"

„Hast du etwa beim Preisausschreiben gewonnen?"

„Nee - noch viel besser!" Er sah sie an wie damals, als
er ihr mit vierzehn Jahren zu Weihnachten eine CD von
‚One Direction‘ schenkte. „Ich habe auf dem Schiff mit
meiner Band ein Engagement."

„Ach ...!" Mehr brachte Johanna nicht raus. Sie sah ihn
aus großen Augen an. Ihre Lippen bewegten sich zuerst
wortlos, dann fragte sie Unheil ahnend: „Von wann bis
wann?"

Er biss sich auf die Lippen. „Von in einer Woche bis
Oktober." So, jetzt war es raus.

Johanna wurde blass. „Das ist ja ein Dreivierteljahr!"

„Toll, nä?" Er sah sich nach seinem Vater um. „Papa,
findest du doch auch!" Nachdruck in Florians Stimme.

Jetzt endlich erschien auch Winfrieds Kopf hinter der Zeitung. „Ja. Einmalige Gelegenheit.“

Johanna sah von Florian zu ihrem Mann. Sie hatte das dumpfe Gefühl, dass die beiden unter einer Decke steckten. „Hast du davon etwa gewusst?“ fragte sie.

„Na ja ... nicht direkt.“

„Was heißt nicht direkt!“, fuhr sie ihn an. „Wie kann man so etwas indirekt wissen! Der Junge kann doch nicht fast ein ganzes Jahr lang auf einem Schiff durch die Nordsee fahren!“

„Ostsee“, verbesserte Winfried.

„Ostsee! Ist doch egal! Das geht doch nicht!“ Johanna hatte Tränen in den Augen. „Jetzt, wo Karin gerade erst nach Italien gezogen ist! Ihr könnt doch nicht alle einfach abhauen und mich hier ganz alleine zurück lassen!“

„Mensch komm, Mama, du bist doch nicht ganz allein! Du hast doch noch Papa!“ Florian sah sie schuldbewusst an.

„Papa! Pah! Du siehst doch, der sitzt hinter seiner Zeitung und kümmert sich kein bisschen um mich!“

Sie sprang auf und lief aus dem Zimmer, schloss sich im Bad ein und ließ die Tränen laufen.

Als Karin vor zwei Monaten mit ihrem Mann und der kleinen Marisa nach Rom auswanderte, war das schon ein Schlag für sie gewesen. Karin war ihre Älteste, Marisa ihre Enkelin, für die sie drei Jahre gesorgt hatte, damit Karin wieder arbeiten konnte. Jetzt hatte Karins Mann eine Stelle als Kurator in einem Museum in Rom bekommen. „Mit dreißig Jahren ein so tolles Angebot, da muss er doch zugreifen", hatte sie gesagt. Gut, Kinder gehen ihrer eigenen Wege, aber mussten die sie denn gleich so weit weg führen, dass man sich nicht mehr sehen konnte? Damals hatte sie sich mit Florian getröstet. Wenigstens der Junge würde ihr noch eine Weile bleiben. Jungen waren Spätentwickler, Florian allemal. Mit 18 hatte er noch gesagt: „Mama, wo ist es schöner als zu Hause? Ich bleibe dir ewig!" Und jetzt ... jetzt war die Ewigkeit plötzlich vorbei.

Es klopfte an der Tür. „Johanna, nun komm schon, mach auf!" Es war Winfried.

„Lass mich. Eine Mutter darf doch wohl noch heulen, wenn sie ihr Kind verliert."

„Jetzt reagierst du aber völlig überzogen. Du verlierst ihn doch nicht! Der Junge hat die Möglichkeit, die Welt kennen zu lernen. Dabei verdient er auch noch Geld und kann seinem Hobby, der Musik, frönen. Wenn ich damals so eine Gelegenheit gehabt hätte, wäre ich dankbar gewesen.“

„Ach!“, rief sie mit spitzer Stimme. „Ist das nun etwa eine Anspielung, dass ich dir dein Leben verdorben habe?“ Sie war mit dreiundzwanzig Jahren schwanger geworden, Winfried war sogar noch ein Jahr jünger gewesen.

„Nein, Johanna, so habe ich das nicht gemeint.“ Er seufzte. „Jetzt komm da raus und lass uns vernünftig reden.“

„Ich will aber alleine sein beim Heulen!“, antwortete sie. „Also lasst mich in Ruhe. Ich komme, wenn ich so weit bin.“

*

Sie brachten Florian ans Schiff. Bettina mit den knallroten Haaren war auch schon da. Sie war Sängerin in Florians Band. „Hi!“ Sie streckte Johanna die Hand hin.

„Hallo“, antwortete Johanna, um ein Lächeln bemüht.

„Und das ist meine Mama!" Bettina griff hinter sich, zog eine schwarzhaarige Frau in den Kreis. Sie war etwa in Johannas Alter, blass und wirkte schüchtern.

Bettinas Mutter drückte Johanna die Hand. „Glücklich war ich ja nicht gerade, als mir Bettina von ihren Plänen erzählte. Ein Dreivierteljahr unterwegs! Und wenn das Schiff untergeht? Bettina kann doch nicht schwimmen! Aber andererseits: Als Fotografin hat sie keinen Job bekommen, da ist sie doch auf dem Schiff immer noch besser dran."

„Also, Mama, wir müssen jetzt ...!" Florian küsste Johanna rechts und links auf die Wangen, dann drückte er sie fest an sich. „Schön brav bleiben, und dass ich keine Klagen höre!" Er grinste, dann schulterte er seinen Rucksack, nahm Bettina an der Hand, und ging mit ihr davon.

Winfried winkte, und die beiden Mütter wischten sich verstohlen die Tränen ab.

„Florian kann schon schwimmen", murmelte Johanna. „Aber ob's im Fall des Falles was nützen würde?"

*

Seit Florians Abreise war mit Johanna kein vernünftiges Wort mehr zu reden. Jedenfalls fand Winfried das. Dann

86

hatte er sich auch noch hinreißen lasse, sie 'hysterisch' zu nennen, und seitdem war gar nicht mehr an sie ranzukommen.

Er rief seine Schwester an. „Komm doch mal - ich weiß nicht mehr weiter. Johanna tut, als wäre die Welt untergegangen. Sind bestimmt die Wechseljahre!"

„Was heißt Wechseljahre! Wenn du plötzlich deinen Job verlieren würdest, ginge es dir wahrscheinlich auch nicht gerade gut", verteidigte Katja ihre Schwägerin. Doch als sie Johanna so herzzerreißend weinen sah, schüttelte auch sie den Kopf. „So viele Tränen, nur weil Winfried sagte, du seist hysterisch?"

„Ich finde das gemein!", schluchzte Johanna. „Es ist einfach unfair von ihm! Und am schlimmsten finde ich, dass er sich noch nicht einmal die Mühe macht, mich zu verstehen! Mein halbes Leben habe ich damit verbracht, für ihn da zu sein, wenn es brannte! Und was ist, wenn es mir mal schlecht geht? Kein Wort des Trostes! Dafür nennt er mich hysterisch!"

„Er ist halt ein Mann. Mit Gefühlen kann er nicht so gut umgehen", versuchte Katja ihre Schwägerin zu beschwichtigen.

„Aber sogar einem Mann müsste doch eigentlich klar sein was das bedeutete, wenn man dreißig Jahre für die

Familie gesorgt hat, und plötzlich sind alle weg und niemand braucht einen mehr. Ich fühle mich einfach überflüssig, nutzlos und ungeliebt! Was ist daran so schwer zu verstehen?"

„Na, na - was heißt alle sind weg und niemand braucht dich mehr. Winfried braucht dich doch!"

„Ja schon." Sie schnäuzte sich. „Zum Abspülen, zum Saubermachen, und dass ich ihm seine Knöpfe annähe! Für ihn ist doch die Hauptsache, er ist versorgt, hat seinen Job und abends seine Ruhe!"

Katja nahm Johanna in den Arm. Sie fand, dass ihre Schwägerin das alles ein bisschen schwarz-weiß sah und ihrem Bruder unrecht tat. Aber das sagte sie nicht. „Nimm es nicht so schwer", tröstete sie stattdessen. „Das ist eine ganz normale Ehekrise. Du solltest dir ein Hobby suchen. Du wolltest doch schon immer das Klavier spielen lernen. Oder wie wäre es mit einem Hund?"

„Ein Hund?" Johanna schniefte und sah Katja aus tränennassen Augen an. „Hund nicht", sagte sie. „Hunde sind mir zu hektisch. Aber eine Katze, das wäre schon was!"

Am Abend sprach sie mit Winfried darüber. „Deine Schwester meinte, es wäre gut, wenn wir ein Haustier hätten. Eine Katze - dann wäre ich nicht immerzu alleine und hätte eine Ablenkung!"

Aber Winfried, das hätte sie sich ja denken können, hatte gleich wieder etwas auszusetzen! „Katzen sind langweilig und eigensinnig, und man kriegt Asthma von ihnen. Außerdem zerkratzen sie alle Polstermöbel. Dann schon lieber einen Hund! Mit dem muss man spazieren gehen, um den muss man sich wirklich kümmern!"

„Aber ich will nun mal keinen Hund, ich will eine Katze, verdammt!", fuhr Johanna auf. „Mit Katzen kann man wenigstens schmusen - wenn schon mit sonst niemandem!" Sie sah ihn vorwurfsvoll an.

Aber Winfried überging die Anspielung auf ihr immer seltener stattfindendes Liebesleben. „Was heißt du willst", giftete er seine Frau an, „ich muss ja auch mit dem Tier leben!"

„Schrei mich nicht an!", schrie Johanna zurück, und schon wieder hatten sie einen handfesten Streit. Sie lief türenschlagend davon, und Winfried vergrub sich grummelnd hinter der Zeitung.

*

Der Streit um Hund oder Katz' währte die ganze Woche. Johanna schimpfte Winfried einen Querkopf und Tyrannen, Winfried revanchierte sich mit der Behauptung, sie zeige in letzter Zeit vermehrt 'hysterische Züge' und man könne mit ihr kein vernünftiges Wort mehr reden.

Zwei Tage vor ihrem 31. Hochzeitstag hatten sich die Fronten dann so weit verhärtet, dass gänzliche Funkstille herrschte. Und wenn Katja nicht gewesen wäre und mit viel Geduld und Feingefühl zwischen den beiden Hitzköpfen vermittelt hätte, wer weiß, vielleicht hätten sie ihren Hochzeitstag von Tisch und Bett getrennt und mit Rachegedanken und Scheidungsplänen verbracht.

„Na, nun vertragt euch wieder!" Katja seufzte und legte beider Hände aufeinander, als wäre sie ein Pfarrer, der sie traute. „Ihr hattet dreißig glückliche Jahre miteinander, da darf es im einunddreißigsten doch wohl ein bisschen kriseln, ohne dass ihr euch gleich ewige Feindschaft schwört!"

Da huschte endlich der Hauch eines Lächelns über Johannas Gesicht, und Winfried räusperte sich und sagte: „Na gut, ich nehme die hysterischen Züge zurück und bestelle für übermorgen einen Tisch im Kaiserhof."

*

Am Morgen des Hochzeitstages - es war ein Sonntag - stand Johanna bereits um sechs Uhr auf. Als Winfried sie im Bad dabei überraschte, wie sie sich 'heimlich' anzog und sie fragte, wohin sie wollte, wurde sie doch glatt rot und stotterte etwas von 'frische Morgenluft schnappen sei gesund'!

„Na ja, dann geh du mal frische Morgenluft schnappen, ich jedenfalls schlafe noch mindestens bis zehn Uhr!", behauptete Winfried. Doch als Johanna weg war, sprang auch er in seine Kleider und verließ das Haus.

Gegen zehn Uhr kam er zurück. Johanna war gerade dabei Frühstück zu machen. Als er die Küche betrat, schloss sie schnell die Terrassentür und sah ihn mit Unschuldsaugen an.

„Alles Gute zum Hochzeitstag!" Winfried küsste sie. Dann hielt er ihr einen großen weißen Karton mit einer riesigen roten Schleife hin. „Für dich!"

Johanna war es, als ob sie etwas piepsen hörte. Nervös sah sie sich um, öffnete dann hastig die Schleife, hob den Deckel ab und stieß im nächsten Moment einen entzückten Schrei aus. „Nein, nicht möglich! Ein weißes Angorakätzchen! Und dann dieser freche schwarze Fleck am Ohr! Gott, wie süß die ist!"

„Ich dachte, wir nennen sie Tilly“, sagte Winfried und nahm seine beiden Hübschen in den Arm. „Und dass ich in letzter Zeit so unausstehlich war, tut mir leid. Verzeihst du mir?“

Johanna strahlte und ließ sich mit Küssen überhäufen. „Schon gut, ich war ja auch nicht gerade charmant zu dir. Und dabei liebe ich dich doch noch immer fast so sehr wie am ersten Tag!“

„Nur fast?“ Er zog lächelnd eine Schnute.

Johanna vergrub ihre Nase im Fell des Kätzchens, dann grinste sie Winfried breit an. „Übrigens, ich habe auch ein Geschenk für dich!“ Sie öffnete die Terrassentür, und herein stürzte der hinreißendste Straßenmix von einem Hund, den man sich vorstellen kann. Schwarz mit vier weißen Pfoten, einem weißen Fleck auf der Brust und einer weißen Schwanzspitze. „Der heißt Fredy und ist für dich!“

Winfried starrte den Hund zuerst begriffsstutzig an, dann brach er in schallendes Gelächter aus. „Na“, sagte er, „dann sind wir ja jetzt wieder zu viert - ganz wie früher!“

Das schönste Geschenk

Roswitha Torgau war zweiundsiebzig Jahre alt und seit sieben Jahren Großmutter. Ihr Haar hatte sie schwarz gefärbt, sie trug meist elegante Schuhe mit hohen Absätzen, und abends vor dem Schlafengehen, trank sie zweifingerbreit Whisky. Das Einzige, was sie mit dem Klischeebild einer Oma gemein hatte: Sie konnte wunderbar Märchen erzählen. Wahrscheinlich war das der Grund, warum ihre beiden Enkelkinder 'alle Jahre wieder' darauf bestanden, dass Omi Weihnachten eine Woche zu ihnen nach Düsseldorf kam, obwohl sie dann zu zweit in einem Bett schlafen mussten, damit Omi das andere benutzen konnte.

Auch Roswithas Tochter Marie war dankbar für diese Besuche, denn Ihre Mutter fuhr mit den beiden täglich in die Innenstadt, irgendetwas unternehmen. Puppentheater, Zoo, Kaufhausbummel - und zu Hause konnte so lange ‚das Christkind' Vorbereitungen treffen.

Diesmal kam Omi fünf Tage vor Heilig Abend. Marie und die Kinder holten sie am Bahnhof ab. Weil Marie die ganze letzte Woche krank gewesen war, war sie dieses Jahr noch mehr in Stress als sonst. Sie verstaute Roswithas Gepäck im Wagen und übergab ihr die Enkel mit den Worten: „Hab einen dringenden Termin! Am besten, ihr geht gleich mal so richtig schön bummeln." Sie sah ihre Mutter beschwörend an und seufzte tief durch.

Roswitha verstand. Ein Meeting mit dem Weihnachtsmann, das vermutlich länger dauern und im elterlichen Schlafzimmerschrank enden würde. Der war während der Adventszeit grundsätzlich abgesperrt, und der Schlüssel steckte sicherheitshalber in Maries BH. Nur was sie direkt am Herzen trug, war vor dem Zugriff der Kinder einigermaßen sicher, denn um Weihnachten ließ die Neugierde selbst die harmlosesten Babys zur diebischen Elsternbrut werden.

Marie zog ab und Roswitha fragte: „Also, worauf habt ihr Lust?"

„Kaufhaus, Eisenbahn ankucken!", sagte der achtjährige Benjamin wie aus der Pistole geschossen.

„Ui ja, Kaufhaus", krähte auch seine drei Jahre jüngere Schwester Luisa mit glänzenden Augen.

Im Kaufhaus war die Hölle los! Es wurde gewühlt und geramscht, geschoben und gedrängelt, aber die Kinder störte das nicht. Konsumgeübt und mit treffsicherem Auge fanden sie immer genau die Tische oder Regale, die randvoll mit den neuesten und teuersten Waren angefüllt waren. Dieses Jahr war der Renner ein tierähnliches Wesen, das rülpsen konnte. Luisa war begeistert!

„Kaufst du mir das, Omilein?"

Roswitha sah auf den Preis und wurde blass. „Nein", sagte sie entschlossen, „rülpsen kann ich auch selbst. Wenn du willst, rülpse ich dir jederzeit etwas vor."

„Ui ja, Omi, rülps mal!"

Roswitha rülpste, und die Kinder lachten. Dann rülpsten sie auch. Das Tolle am Oma sein war, dass man seine Erziehungsfehler nicht mehr selbst ausbaden musste.

Dank der Rülpserei hatten die Kinder das sündhaft teure, tierartige Wesen vergessen, und Roswitha, die sie langsam weitergeschoben hatte, blieb eine längere Auseinandersetzung erspart.

Dann fanden sie tatsächlich eine riesige Eisenbahnanlage mit allen Schikanen. Berge und Täler, Flüsse und Brücken, Dörfer und Bahnhöfe zum Ein- und Aussteigen und verladen.

Benjamin bekam glänzende Augen und rote Wangen. „Boh, Mann, echt geil!", rief er aus und folgte den Zügen mit begehrlichen Blicken. Und dann enttäuscht: „So was kann ich nie, niemals haben. Weil mein Zimmer zu klein ist. Bloß weil Papa kein Haus bauen will."

Böser Papa!, dachte Roswitha. Sie meinte das natürlich ironisch. Sie beneidete ihren Schwiegersohn, der den ganzen Tag schuftete, um seiner Familie wenigstens die gröbsten Wünsche von den Augen ablesen und dann erfüllen zu können, kein bisschen. Und sie war heilfroh, dass sie zu Zeiten des Konsumwahnsinns nur Oma zu sein brauchte.

„Das wäre das allerallerschönste Weihnachtsgeschenk für mich!", sagte Benjamin und starrte dem Intercity nach, der in einem Tunnel verschwand, um kurz darauf auf der anderen Seite des Berges wieder herauszukommen.

„Mein allerschönstes Weihnachtsgeschenk wäre ein Kinderauto, wie Emma und Olaf eins haben", sagte Luisa. Damit meinte sie ein batteriebetriebenes Fahrzeug zum Hineinsetzen und selbst fahren. Ein Tretauto genügte heute nicht mehr!

„Ui ja, das wäre auch nicht schlecht", pflichtete ihr Benjamin sofort bei. Ausnahmsweise waren sich die Geschwister mal einig.

Benjamin stand da wie angewurzelt. Sein Blick zog Kreise und Achten wie der Zug. Jetzt hätte die Welt untergehen können oder eine Bombe einschlagen, er wäre nicht von der 'Boh-Mann-geil-Eisenbahn' gewichen.

„Bombe einschlagen", hallte es in Roswithas Gedanken nach, und als hätte die kleine Luisa ihre Assoziationskette weiterführen wollen, fragte sie plötzlich: „Was war eigentlich dein schönstes Weihnachtsgeschenk, Omi, ich meine, als du noch klein warst?"

Wie eine magische Diaprojektion direkt aus der Vergangenheit, stand plötzlich das Bild eines Teddys vor Roswithas Augen. Etwa 15 cm groß und hatte zwei schwarze Knopfaugen.

Sie war etwa so alt wie Luisa gewesen. Das letzte Kriegsjahr, und statt des Christkinds flogen Flugzeuge am Himmel, die ihre Bomben über der Stadt abwarfen. Kein Tag, an dem sie nicht in den verhassten Bunker mussten, wo es dunkel war und nach Angst roch. Obwohl es nichts zu kaufen gab und ihre Mutter auch gar kein Geld gehabt hätte, um etwas zu kaufen, lag ein Päckchen in der Schublade. Es war nur eine Handspanne groß und in Zeitungspapier verpackt, aber ein rotes Schleifchen war drum herum. Und wenn es endlich dunkel sein würde, da war sich Roswitha ganz sicher, dann würde ihre Mami die Kerze auf dem Tannenreiser anzünden und ihr das Päckchen zum Öffnen geben.

Roswitha saß am Tisch und malte mit einem Bleistiftstummel Sterne in ein altes Notizbuch. Ihre Mutter stand daneben und schnitt einen halben Kohlkopf in feine Streifen, der zusammen mit drei Kartoffeln und etwas Fleisch einen Eintopf ergeben sollte. Da schrillten schon wieder die Sirenen. Bemüht, sich ihre Angst nicht anmerken zu lassen, sprang die Mutter auf und sammelte hastig alles zusammen, was sie mit in den Bunker nehmen wollte. Roswitha schob schnell Bleistift und Notizbuch in ihre Schürzentasche und zog Mantel und Schuhe an. Dann war auch schon ihre Mutter da, packte sie an der Hand und zog sie hinter sich her ins Treppenhaus.

Sie waren bereits draußen, überquerten den verschneiten Hof, da fiel Roswitha das Päckchen ein. „Das Päckchen!" rief sie, aber ihre Mutter reagierte nicht, zerrte sie weiter, die Straße hinunter Richtung Bunker.

„Das Päckchen, mein Weihnachtsgeschenk!" Roswitha fing zu weinen an, und mit jedem Schritt brüllte sie lauter. Auf einmal riss sie sich los und lief zurück. Ihre Mutter rief hinter ihr her, aber das konnte Roswitha nicht davon abhalten, ihr Päckchen zu holen.

„Roswitha! Roswitha!"

Da waren plötzlich zwei starke Arme, die rissen sie hoch und wirbelten sie herum, und als sie nicht aufhörte, um sich zu schlagen, zu schreien und zu brüllen, bekam sie eine saftige Ohrfeige. Danach fühlte sie nichts mehr, als diesen schrecklichen Schmerz in ihrer Brust. Ihr Päckchen war verloren, die Bomben würden einschlagen und es zerstören, und sie würde nie, niemals wissen, was darin war.

Im Bunker, setzten die zwei Arme sie auf den Schoß ihrer Mutter. Sie gehörten zu Herrn Gustav, einem alten Mann, der Hauswart war und manchmal etwas in ihrer Wohnung reparierte. Dort weinte sie weiter ihre bitteren Tränen - sie wusste nicht wie lange, bis ihr plötzlich jemand auf die Schulter tippte.

„Na, nun weine mal nicht mehr, da ist ja dein Päckchen!"

Roswitha drehte sich um, und da stand Herr Gustav, wie der Weihnachtsmann persönlich und hielt ihr das Päckchen hin.

Sie nahm es an sich. Sie öffnete es nicht, sie hielt es nur fest an sich gepresst. Die ganze Zeit über, während es draußen toste und barst.

Als sie zwei Stunden später wieder in ihre Wohnung konnten, war wie ein Wunder nichts zerstört, obwohl zwei Häuser weiter nur noch eine große Lücke klaffte. Der Kohl, die Kartoffeln, das Fleisch lagen da, als wäre nichts gewesen, nur das Bild ihres Vaters war von der Wand gefallen.

Ihre Mutter verschwand und kam kurz darauf mit Herrn Gustav zurück. „Er hat sein Leben für dich riskiert", sagte sie, „jetzt soll er mit uns essen."

Sie zündete die Kerze an, und Roswitha öffnete ihr Päckchen. Ein kleiner Teddy war drin, den hatte ihre Mutter aus alter Strumpfwolle gehäkelt, dann in jede Masche Fransen eingeknüpft und anschließend kurzgestutzt. So hatte er ein richtiges weiches Teddyfell bekommen.

Roswitha liebte diesen Teddy mehr als alles andere auf der Welt, und sie besaß ihn heute noch, wenn ihm auch längst die Fransen ausgefallen waren. Sie hatte ihn Herr Gustav genannt, so wie der Mann hieß, der vier Wochen später an einer Lungenentzündung gestorben war, weil es keine Medikamente gab.

„Omi!", rief Luisa und zupfte Roswitha am Ärmel. „Sag doch endlich, was war dein schönstes Geschenk!"

„Ein Teddy", antwortete Roswitha.

„Bloß ein Teddy?", fragte die Kleine erstaunt.

Roswitha lächelte und strich ihr übers blonde Haar. „Ja, bloß ein Teddy.”

Besuch am Muttertag

Als Alexander das Wechselgeld herausgegeben hatte und die Kasse zuschob, sah er es. Hinten am Zeitschriftenständer steckte sich einer ein Heft der teuren Sorte in die Jacke. Preisklasse ab 7 Euro aufwärts. Wenn dort hinten geklaut wurde, dann war das immer dasselbe.

„Verdammt, lass das!", schrie er laut, hechtete hinter der Verkaufstheke hervor, dann dem Kerl nach. Doch der war schneller als Alexander an der Tür und mit einem Sprung draußen.

Alexander war gut im Sprinten und nahm die Verfolgung auf. Er war froh, dass er endlich einen Job hatte, wenn auch bloß als Verkäufer in einem Tabak- und Zeitschriftenladen mit Lottoannahmestelle. Aber wenn er den 'Warenschwund' nicht auf ein Minimum reduzieren konnte, würde er bald wieder auf der Straße stehen! Doch dann schaffte es der Kerl an einer Ampel gerade noch über die Straße, bevor die Autos wieder losfuhren, und Alexander musste zurückbleiben und zusehen, wie er drüben in der Menschenmenge verschwand.

Jetzt stand er keuchend da und versuchte wieder auf Normalpuls zu kommen. Da fiel sein Blick auf einen Geldbeutel, der vor ihm auf dem Gehsteig lag. Er hob ihn auf, sah hinein. Tatsächlich schien er dem Kerl zu gehören, er musste ihm beim Laufen aus der Tasche gerutscht sein. Gleich vorne steckte ein Foto in einem Bildfach, auf dem der Typ mit einer Frau mittleren Alters abgebildet war. Er hatte den Arm um ihre Schultern gelegt, und sie trug ein Lebkuchenherz um den Hals, auf dem stand: Mama ist die Beste! Und dann waren da noch ein uralter Schülerausweis und eine Monatskarte für die Stadtwerke, beide mit Foto und Adresse, und ein paar Cent-Münzen.

„Na gut", murmelte Alexander und schob die Börse in seine Tasche, „wenn schon kein Geld, dann doch wenigstens ein Anhaltspunkt, wo ich den Mistkerl finden kann. Und wenn er das Geld für die Hefte nicht rausrückt, dann werde ich ihm seine Nase polieren und anschließend zur Polizei gehen, darauf kann er Gift nehmen!"

Am Abend ging er hin. Die Adresse schien zu stimmen, denn auf einem der Türschilder stand Jenner, und so hieß der Typ - Roland Jenner, wohnhaft Neumannstraße 11. Und hier war die Neumannstraße 11, aber niemand öffnete auf Alexanders Klingeln.

Am nächsten Tag hatte er keine Zeit, doch am übernächsten ging er wieder hin. Es war Sonntag, und es war Muttertag, fünfzehn Uhr nachmittags. Die Sonne schien, und die meisten Leute waren festlich gekleidet und mit Blumensträußen unterwegs. Alexander hatte keine Mutter mehr, und eine Frau und eigene Kinder hatte er noch nicht. Also, was sollte es, Muttertag hin oder her, der Typ, dieser dreckige kleine Dieb, würde ihn gleich kennen lernen!

Diesmal wurde geöffnet. Der Türsummer an der Haustür ging, dann eine Stimme von oben: „Wer ist das denn - bist du es, Roland?"

Alexander blieb eine Antwort schuldig. Er stapfte hinauf, dann stand er, die geballten Fäuste in den Taschen, vor einer Frau. Sie schien die Mutter von Roland Jenner zu sein, denn sie sah aus, wie die Frau auf dem Foto, nur älter und mitgenommener.

„Bin ich hier richtig bei Roland Jenner?", fragte Alexander.

Eine Weile war es still, doch dann ging plötzlich ein Strahlen über das Gesicht der Frau. „Ja, ja, Sie sind richtig! Bestimmt schickt sie der Roland! Ich habe es gewusst, er wird den Muttertag nicht vergessen! Diesmal nicht! Und jetzt hat er Sie geschickt, damit Sie sich um mich kümmern, weil er selbst nicht kommen konnte - habe ich recht?"

Die Frau ließ Alexander gar keine Zeit zu überlegen oder etwas richtigzustellen. Sie nahm ihn in die Arme und drückte ihn an sich und sagte: „Mein Gott, ich bin ja so glücklich, dass Sie gekommen sind, um mir von meinem Sohn zu erzählen."

Alexander öffnete und schloss den Mund, ohne etwas gesagt zu haben. Er ließ sich an der Hand nehmen und in die Wohnung ziehen, und er folgte Frau Jenner ins Wohnzimmer, wo sie ihn auf einen Stuhl drückte und wiederholte: „So glücklich bin ich!"

Alexander war 28 Jahre alt, medizinischer Bademeister von Beruf, Vollwaise seit drei Jahren und ein netter Kerl. Einer von denen, die Mütter sich als Schwiegersohn wünschten und Frauen als 'besten Freund', damit sie einen zum Ausweinen zu haben, wenn der Kerl, in die sie sich verknallt hatten, sie mies behandelte. Jedenfalls war er keiner, der es fertigbrachte, dieser Frau da ins Gesicht zu schreien, dass er durchaus nicht hier war, um ihrem feinen Herrn Sohn einen Gefallen zu tun, sondern weil der ihn beklaut hatte, und dass er gute Lust hätte, ihrem Roland eins auf die Nase zu geben.

Alexander seufzte. „Also ich ...", begann er, aber sie ließ ihn nicht ausreden. „Zuerst mache ich uns mal eine gute Tasse Kaffee", sagte sie, „und dann erzählen Sie mir alles."

Während sie in der Küche war, sah Alexander sich um. An einer Wand stand ein altes, ziemlich schäbiges Klavier, und darüber hingen Fotos. Eins von einem etwa dreißigjährigen Mann mit schwarzem Trauerflor um den Rahmen. Eins von Roland im Kommunionsanzug, eins von Frau Jenner und Roland bei irgendeiner Siegerehrung. Roland hielt eine Medaille hoch, Frau Jenner strahlte voller mütterlichem Stolz. Auf einem kleinen Tischchen im Eck saß ein alter Teddy, dem fehlte ein Ohr und auch sonst wirkte er ziemlich zerschlissen, und auf dem Sofa lag eine zerlesene Zeitung.

Frau Jenner stellte Tassen, Teller, Zucker und Milch auf den Tisch. Dann ging sie wieder und kam mit einer Torte zurück. „Die hab ich extra für Roland gebacken. Es war immer seine Lieblingstorte. Holundersahne. Den Boden habe ich mit Likör und Rotwein getränkt. Ich hoffe, Sie schmeckt Ihnen auch, junger Mann.“

„Bestimmt“, sagte Alexander und sah ihr nach, wie sie noch einmal in die Küche ging. Dann betrachtete die Torte. Sechzehn Stück Hoffnung in Sahne …

Plötzlich hatte Alexander noch viel mehr Wut auf diesen Kerl. Er griff in seine Tasche, wollte gerade die Geldbörse herausziehen, auf den Tisch knallen und fluchtartig diese Wohnung verlassen, als Frau Jenner mit einer Kanne zurückkehrte.

„Jetzt sagen Sie mir doch zuerst mal, wie sie heißen!“ Sie sah ihm lächelnd in die Augen und fing an, Kaffee einzugießen.

Er sank wieder auf den Stuhl zurück. „Alexander. Alexander Müller.“

„Und woher kennen Sie meinen Sohn?“

„Aus dem Zeitschriftenladen. Ich meine aus dem Laden, in dem er immer seine Zeitschriften ... kauft.“

„Ja“, sie lächelte und sah durch ihn hindurch, als hätte sie hinter Alexander ihr Roland entdeckt. „Zeitschriften, die liebt er. Schon als Kind hat er immer alle gesammelt und durchgesehen. Die Fotos hat er sich vor allem angesehen, die haben ihn fasziniert. Er wäre gerne Fotograf geworden, aber dann ... na ja, jedenfalls hat es nicht geklappt.“

Sie schob ein Stück Torte auf Alexanders Teller, dann bediente sie sich selbst. „Wissen Sie, er war immer ein Guter Junge, und das ist er auch heute noch. Dass er mal in Schwierigkeiten kam, damals, die Geschichte mit der Jugendstrafe, das lag nur daran, dass er in schlechte Gesellschaft geraten war. Und weil er keinen Vater hatte. Ich meine, ich musste ihn halt oft alleine lassen, wie hätte ich sonst für uns sorgen können? Manchmal habe ich nach der Arbeit noch geputzt, das waren oft zehn-, zwölf-Stunden-Tage für mich. Aber am Sonntag, da hatte ich immer Zeit für ihn, da haben wir wunderbare Sachen unternommen. Wir sind mit dem Rad gefahren oder in den Zoo gegangen, manchmal auch ins Kino oder auf die Kirmes. Jedenfalls habe ich für ihn getan, was ich konnte - aber es war halt immer noch nicht genug." Sie biss sich auf die Lippen und sah Alexander mit feuchten Augen an.

„Nicht genug? Aber wie kommen Sie denn darauf!" sagte er. Und dann, nach einem Zögern: „Zu mir hat er immer gesagt: Die Mama, die war einfach wunderbar, ich hätte keine bessere haben können!"

„Ja wirklich?" Frau Jenner sah ihn erstaunt an. Dann nickte sie. „Vielleicht konnte er es mir nur nie so richtig zeigen."

„Bestimmt nicht." Alexander schob sich eine Gabelfuhre Torte in den Mund. „Da ist er wie ich. Gefühle zeigen fällt ihm einfach schwer."

Frau Jenner goss noch einmal Kaffee nach. „Seit zwei Jahren habe ich Rheuma, ziemlich schlimm. Manchmal dachte ich, wenn Roland käme und mir helfen würde ... wenigstens so ein bisschen mit der schweren Arbeit. Aber, na ja, er hat halt viel zu tun. Weihnachten hat er mich angerufen. 'Mama', hat er gesagt, 'ich bin jetzt selbständig. In Frankfurt. Ich habe so eine Firma gegründet, die Fenster putzt. Von Hochhäusern und so. Ist jedenfalls ziemlich viel Arbeit. Leider zu viel Arbeit, um vorbeizukommen. Aber du verstehst doch, dass die Arbeit vorgeht. Ich komme dann am Muttertag. Auf jeden Fall komme ich am Muttertag! Und wenn's irgendwie nicht gehen sollte, dann hörst du von mir!' Na ja, und er hat ja auch Wort gehalten und hat Sie vorbeigeschickt!"

„Es ist wegen der Gondel", sagte Alexander. „Also ich meine, dass er nicht kommen konnte. Eine von den Arbeitsgondeln war kaputt, und darum ist er mit der Arbeit nicht termingerecht fertig geworden. Und wenn man sich heutzutage nicht ranhält, dann ist man einen Kunden gleich wieder los. Also putzt er heute selbst. Hängt ganz alleine droben im dreißigsten Stock von einem Hochhaus und putzt!"

„Gondel? Meinen Sie damit so ein Ding, das außen an der Fassade hängt? In dem man sich so runterlässt am Haus?"

„Genau, das meine ich."

„Und da ist mein Roland drin? Im dreißigsten Stock?"

Alexander nickte. „Glauben Sie mir, ich hätte verdammt Angst da oben. Aber er, er ist wirklich mutig und ... und er hat 'ne Menge drauf."

Frau Jenner lächelte glücklich. „Ich habe immer gewusst, dass mal was aus ihm wird. Ich habe den Glauben an ihn nie verloren."

„Wie bei meiner Mutter", sagte Alexander. „Als ich in der Schule 'ne Ehrenrunde drehen musste, sagte sie bloß: 'Einstein ist auch durchgefallen, und später hat er sogar den Nobelpreis gekriegt!' Und damit war die Sache für sie erledigt."

„Hat Ihre Mutter Sie auch alleine großgezogen?", wollte Frau Jenner wissen.

„Nein, ich hatte Mutter und Vater. Aber inzwischen sind meine Eltern beide tot. Sie hatten sich sehr spät kennen gelernt. Mutter bekam mich mit vierzig, und mein Vater war schon 52 als ich zur Welt kam. Als Mutter vor drei Jahren an Krebs starb, folgte mein Vater ihr nur wenige Wochen später. Er war 75 damals, sein Herz hörte einfach auf zu schlagen."

Frau Jenner nickte. „Damals, als mein Mann starb, wäre ich auch am liebsten mit ihm gegangen. Aber da war ja Roland. Er war acht Monate alt, ich musste mich um ihn kümmern. Für mich war Roland alles, sonst gab es nichts."

Sie lud Alexander ein zweites Stück Torte auf, und er aß es, um ihr einen Gefallen zu tun. Innerlich grollte er dabei wie ein feuerspeiender Berg kurz vor dem Ausbruch. Wenn er diesen Roland je wieder in die Finger bekäme, er würde ihn sachgerecht für die Müllabfuhr portionieren! Mag sein, seine Mutter nervte ihn. Mag sein, sie erdrückte ihn mit ihrer Liebe. Mag sein, er konnte es nicht aushalten, dass nicht das aus ihm geworden war, was sie sich gewünscht hatte. Aber das war noch lange kein Grund, nicht wenigstens an Weihnachten und am Muttertag mal bei ihr vorbeizuschauen und so tun, als ob er ihr für all die Plackerei dankbar wäre!

Plötzlich stand Frau Jenner auf, ging hinaus und kam mit einem Kostüm zurück. Es war dunkelblau und hing auf einem Bügel. „Das habe ich mir vor drei Jahren gekauft. Ich brauchte es für eine Hochzeit. Seitdem habe ich es nicht mehr getragen.“

„Es ist schön“, sagte Alexander. „Sie könnten es ja mal anprobieren.“

„Meinen Sie?“ Sie lächelte, biss sich auf die Lippen, und dann verschwand sie wieder. Zehn Minuten später stand sie vor ihm. Sie trug das Kostüm mit einer rosa Bluse, hohen Schuhen, und sie hatte Lippenstift aufgetragen.

Alexander nickte. „Ich finde es wirklich sehr, sehr schön. Elegant und geschmackvoll. Wie für Sie gemacht!“

Sie setzte sich zu ihm. „Und wenn wir ausgingen? Zum Essen, vielleicht in ein hübsches Restaurant? Ich lade Sie ein!“

Sie sah Alexander an. Die Angst, dass er nein sagen könnte stand ihr ins Gesicht geschrieben. Trotzdem lächelte sie.

„Okay“, sagte Alexander, nachdem er lange gezögert hatte. „Wir gehen aus. Aber vorher muss ich nach Hause, um mich umzuziehen. Wenn Sie so schick sind, kann ich nicht in Jeans und Pulli mitkommen.“

Sie lächelte glücklich. „Ich danke Ihnen. Bestimmt war Ihre Mutter sehr stolz auf Sie.“

„Naja, manchmal schon - aber auch nicht immer“, gab er lachend zu.

Frau Jenner begleitete ihn zur Tür.

„Ich komme so gegen 19 Uhr wieder, Sie können sich darauf verlassen“, sagte Alexander.

Frau Jenner nickte. „Ich weiß, dass Sie mich nicht warten lassen, dazu sind Sie viel zu anständig. Ich weiß auch, dass Sie nicht mit Roland befreundet sind und dass er Sie nicht vorgeschickt hat. Ich weiß es, weil Roland nie schwindelfrei war. Dreißigster Stock, mein Gott!" Sie schüttelte den Kopf. „Aber ich danke Ihnen für Ihre kleine Lüge. Es hat mir so gut getan, wenigstens für ein paar Minuten zu glauben, dass mein Sohn mich liebt."

Liebe ist mehr als nur ein Wort

Der Regen kam so plötzlich, dass Dodo schon nass war, bevor sie sich in einen Hauseingang flüchten konnte. Sie hatte sich in der Vorstadt verlaufen, keine Ahnung, wo sie sich befand.

Sie sah sich um. Das Treppenhaus war schäbig, die Wände verschmiert, und die Briefkästen neben dem Aufzug quollen über.

Vor ein paar Tagen hatte sie einen uralten Liebesfilm gesehen. Da war ein hübsches junges Mädchen vor einem Gewitter in einen Heuschober geflohen und dort einem Mann begegnet. Nass vom Regen, saß er auf einem Bretterstoß neben der Ladeluke. Alles an ihm war makellos, und er hatte ein Lächeln, dass butterweiche Knie machte. Ein Werbeplakatmann. Ein Prachtexemplar, so vollkommen und schön, wie es sie eben nur in Filmen gab.

Dodo seufzte. Nach zwei Jahren freudloser Beziehung hatte sie sich von Kurt getrennt. Nichts an ihm war vollkommen gewesen. Weder sein Aussehen, noch sein Charakter. Und Phantasie hatte er auch nicht gehabt. Seit zwei Jahren immer dasselbe. Frühstücken, arbeiten, fernsehen, und am Wochenende zum Segeln oder in die Berge. Sollte das schon alles gewesen sein?

Ein Geräusch ließ sie aus ihren Gedanken schrecken. Es war der Aufzug, der ansprang und bald danach im Erdgeschoss stoppte. Als sie sich umsah, schob sich die Tür auf, und ein Mann betrat den Hausflur.

Er war groß und schlank, hatte dunkles Haar und tiefblaue Augen. Unter der Jeansjacke trug er ein T-Shirt mit der Aufschrift Liebe ist ... der Rest war von der Jacke verdeckt.

„Hallo", begrüßte er sie, lachte sie an, schob dann die Hände in die Hosentaschen und sah nach draußen. „So ein Mistwetter! Und keinen Schirm dabei." Er seufzte und sah auf die Uhr. Dabei habe ich seit genau acht Minuten Feierabend und könnte mir weiß Gott was Besseres vorstellen, als mich hier herumzudrücken.

„Sie könnten noch einmal zurück in Ihre Wohnung und einen Schirm holen", schlug Dodo lächelnd vor.

„Wie bitte? Ach so - nein, ich wohne nicht hier, musste nur etwas für meine Chefin abgeben." Er betrachtete ihr klatschnasses Kleid und stellte fest dass sie zitterte. „Sie werden sich erkälten!"

Wie aufs Stichwort musste Dodo niesen, worauf sie beide lachten.

Der Mann zog seine Jeansjacke aus und legte sie Dodo um die Schultern. „Besser so?“

Sie nickte. Jetzt, wo er die Jacke nicht mehr an hatte, konnte sie auch den Rest des T-Shirt-Textes entziffern.

Liebe ist mehr, als nur ein Wort!

Als er ihren Blick sah, schmunzelte er. „Das sagt mein Großvater immer - es ist so etwas wie sein Lebensmotto. Und als meine Exfreundin mich verließ, hat sie mir den Spruch zum Abschied auf dieses T-Shirt drucken lassen.“ Er zuckte die Schultern. „Ich glaube, sie war nicht so ganz zufrieden mit mir. Na ja, und jetzt trage ich es wie ein reuiger Sünder!“

„So wirken Sie aber gar nicht.“ Dodo lächelte, er lächelte zurück.

Eine Weile starrten sie stumm in den Regen. Ein Kind in einem gelben Wachstuchmantel und dunkelgrünen Gummistiefeln kam aus dem Haus gegenüber und sprang in die Pfützen, dass es aufspritzte. Dodo und der Mann sahen schmunzelnd zu.

„Wo sind wir hier überhaupt?" fragte Dodo, als das Kind hüpfend hinter einer der Garagen verschwunden war. „Ich habe mich verlaufen."

„Ecke Rothmann - Neuhauser Straße. Der Südbahnhof ist gleich dort drüben. Wo müssen Sie denn hin?"

„Ich bin auf der Suche ...", begann sie, führte den Satz aber nicht zu Ende, weil die Tür aufging und eine Frau das Haus betrat. Sie schüttelte ihren Schirm aus, dann ging sie ohne zu grüßen zum Aufzug und fuhr nach oben.

Der Mann sah wieder zu Dodo. Er betrachtete sie versonnen. „Die meisten Menschen sind auf der Suche", nahm er den Faden wieder auf. „Manchmal nach einer Straße, manchmal nach ein bisschen Glück, und manchmal weiß man selbst nicht einmal so genau, wonach man sucht." Es klang traurig, wie er das sagte.

„Suchen Sie auch?" fragte Dodo.

Er nickte, sagte dann aber zu ihrem Bedauern nicht wonach. Schade - sie war neugierig auf ihn geworden und hätte gerne mehr erfahren.

Eine Weile schwiegen sie, dann sagte er plötzlich: „Ich heiße übrigens Manfred. Mein Vater hieß schon so, mein Großvater auch und dessen Vater ebenso. Nicht grade einfallsreich, nicht wahr? Aber ich habe mich inzwischen an den Namen gewöhnt. Und wie heißen Sie?"

„Dodo. Das ist eine Abkürzung von Dorothea." Sie lachte. „So hieß nämlich meine Großmutter!"

Ihre Blicke verfingen sich ineinander, und auf einmal fühlte Dodo ihr Herz schneller schlagen. Wie schön seine Augen waren, wie warm sein Lächeln ...

„Ich suche einen Mann", sagte sie, um wieder auf ihr Gespräch zu kommen, und als er amüsiert die Augenbrauen hochzog fügte sie schnell an: „Nein, nicht so wie Sie jetzt vielleicht denken! Einen ganz bestimmten Mann, und er heißt wie Sie - Manfred." Sie kramte in ihrer Tasche, zog ein Buch heraus und schlug den Einband auf. Er war dunkelbraun und mit goldenen Lettern in altdeutscher Schrift bedruckt. Innen, in der Klappe, stand in steiler Handschrift eine Widmung: Meiner einzigen, geliebten Dorothea zum Abschied. Mein Herz wird immer bei dir sein, egal was auch passiert. Dein Dich auf ewig liebender Manfred.

Dodo schlug das Buch wieder zu und erzählte: „Damals, im Krieg, musste meine Großmutter mit ihren Eltern Deutschland verlassen. Mit einem Fischerboot setzten sie nach Dänemark über, von dort flohen sie weiter nach Schweden. In Schweden heiratete sie sechs Jahre später meinen Großvater, den Sohn der Frau, bei der sie untergekommen waren. Es war eine gute Ehe, in der Achtung und Zuneigung eine große Rolle spielten. Aber geliebt hat sie immer nur diesen Manfred. Ich wusste nichts davon. Doch bevor sie vor einem halben Jahr starb, vertraute sie mir ihr Geheimnis an und bat mich, die große Liebe ihres Lebens zu suchen. Ich sollte Manfred das Buch zurückgeben und ihm einen Brief überbringen. Und für den Fall, dass er nicht mehr lebt, bat sie mich beides zu seinem Grab zu bringen."

Während Dodo diese Geschichte erzählt hatte, war ihr Blick starr auf das Buch gerichtet gewesen. Jetzt hob sie plötzlich den Kopf. „Aber warum sage ich Ihnen das eigentlich? Es interessiert Sie doch gar nicht." Sie sah durch die regennassen Glasscheiben nach draußen. „Außerdem hört es auf zu regnen, ich muss gehen." Sie griff nach der Jacke, wollte sie sich von den Schultern ziehen.

„Nein, behalten Sie die Jacke", bat Manfred, und es schien, als hätte er Angst, sie könnte so plötzlich aus seinem Leben verschwinden, wie sie aufgetaucht war! Ich habe mein Auto bei mir, wenn Sie möchten, bringe ich Sie zu diesem Mann."

Dodo lächelte. Sie hatte gehofft, dass er ihr das anbieten würde. Wieder trafen sich ihre Blicke, und wieder begann ihr Herz ganz unsinnig zu klopfen.

„Wo wohnt er denn, dieser Manfred?“

„Ich habe einige Standesämter angeschrieben“, erklärte sie, während sie in ihrer Tasche nach dem Zettel suchte, auf dem sie die Adresse notiert hatte. „Habe vier Monate für meine Nachforschungen gebraucht. Dann endlich bekam ich diese Adresse hier.“ Sie hielt ihm den Zettel hin. „Ich bin sicher, das ist der Mann, den ich suche: Manfred Stonk, Laubenstraße 12.“

Das Lächeln auf Manfreds Gesicht wich größtem Erstaunen. „Manfred Stonk“, wieder holte er fassungslos. „Laubenstraße 12. Ich heiße so. Ich wohne da. Ja, aber dann suchen Sie ja meinen Großvater!“

Sie sahen sich an, als ob sie sich mit Blicken bis in alle Tiefen ergründen könnten. Als hätte einer eine große weiße Wand aus ihrem Blickfeld geschoben, und plötzlich hätte die Welt wieder Farbe bekommen.

Dodo schüttelte den Kopf. „Gibt es solche Zufälle?“, fragte sie.

„Es ist kein Zufall“, antwortete Manfred. „Es muss Fügung sein.“

Er lächelte, nahm ihre Hand und brachte sie zu seinem Wagen, der um die Ecke parkte.

Eine Viertelstunde später stoppten sie vor einem Haus, gingen dann am Zaun entlang, betraten durch ein schmiedeeisernes, von Rosen umranktes Tor das Grundstück und von da aus einen kleinen Wintergarten. Ein sehr alter Mann, der in einem Rollstuhl saß, blickte ihnen müde entgegen. Als er seinen Enkel erkannte, lächelte er. „Ah, du bist es - komm her, mein Junge! Und wen hast du mir denn da mitgebracht?" Er sah Dodo forschend an. „Wir kennen uns, aber ich weiß nicht mehr woher." Er tippte sich mit der knöchernen Hand gegen den Kopf. „Das Ding da oben drin macht nicht mehr so mit, wie ich will."

„Nein", sagte Dodo. „Wir sind uns noch nie zuvor begegnet. Aber ich habe etwas für Sie." Sie gab ihm das Buch ihrer Großmutter und den Brief dazu.

Er betrachtete beides und wusste sofort Bescheid. „Dorothea", flüsterte er. „Meine liebe, allerliebste Dorothea! Darum kamen Sie mir so bekannt vor - bestimmt sind Sie ihre Enkelin." Seine Augen füllten sich mit Tränen, seine dünnen, blassen Lippen zitterten.

Dodo wollte gehen, den alten Mann mit seinen Erinnerungen und seiner Trauer alleine lassen, aber er hielt sie zurück. „Damals, als deine Großmutter und ich uns trennen mussten", erklärte er ihr, „haben wir uns versprochen, wenn einer von uns beiden diese Welt verlässt, wird er einen Weg finden, dass der andere es erfährt, und dann werden wir die Ewigkeit miteinander teilen." Er nickte, seufzte leise. „Endlich ist unsere Zeit gekommen, und nichts wird uns mehr trennen können."

Dodo blieb noch ein paar Tage und war Gast bei den Stonks. Manfred und sie saßen oft beim Großvater. Manchmal musste Dodo ihm von Dorothea erzählen. Dass sie nach fünfzehn Jahren in Schweden zusammen mit ihrer kleinen Familie nach Deutschland emigriert war. Dass sie dann in Hamburg gewohnt hatte, bis zuletzt noch so gerne rote Grütze oder Himbeerpfannkuchen aß und genau so wunderschön singen konnte, wie als junges Mädchen. Aber meist schwiegen sie nur und sahen den Vögeln zu, die draußen vor dem Wintergarten im Geäst nach Beeren und Würmern suchten.

Vier Tage später starb der alte Mann. Er sah glücklich aus, ein zufriedenes Lächeln war auf seinem Gesicht. Das Buch hatte er am Abend zuvor Manfred gegeben. „Ich möchte es mit ins Grab nehmen - du wirst schon einen Weg finden!" Und dann legte er dem Enkel eine Hand auf den Arm und sagte: „Lass deine Dodo nicht mehr los, ich bin sicher, ihr seid füreinander bestimmt. Und vergiss nicht, mein Junge, Liebe ist mehr als nur ein Wort."

Eine Nacht in deinen Armen

Ihren Blick auf den Einkaufswagen gerichtet, den sie Richtung Parkplatz schob, fragte sich Cornelia, weshalb sie sich das antat. Sechs Gäste zum Muttertag bekochen – wieso eigentlich? Sollte Muttertag nicht ein Tag zu ihren Ehren sein? Sollten ihre Kinder nicht das Fest für sie ausrichten? Eine Einladung zum Essen irgendwohin, um den Frühling zu genießen. Ausflugslokale, Biergärten und Restaurants gab es überall. Oder ein Abend im Theater – es wurde eine Oper von Bellini gegeben, die sie noch nie gesehen hatte. Darüber hätte sie sich gefreut! Aber nein, sie kochte für sich und die Kinder und lud auch noch Tante Margarete ein, weil sie zwar Mutter war aber niemanden hatte, der sich um sie kümmerte. Und ihre beiden Kusinen, die überraschend aus London angereist waren, um die alte Heimat wiederzusehen, die hatten sich ganz schamlos selbst eingeladen!

Hinter ihrem Auto blieb Cornelia stehen, öffnete den Kofferraumdeckel und fing an, die Sachen aus dem Einkaufswagen umzuladen. Da hörte sie plötzlich ihren Namen rufen. „Cornelia! Das glaube ich jetzt nicht!" Es war die Stimme eines Mannes.

Sie drehte sich um und starrte ihn aus großen Augen ungläubig an. „Leonhard! Mein Gott, bist du's wirklich?"

Seine Schläfen waren grau geworden, ein paar Falten um die Augen, aber sonst hatte er sich kaum verändert. Immer noch dieses spitzbübische Lächeln, das lockige volle Haar, das Strahlen aus blauen Augen, die sie liebevoll musterten.

Er lachte. „Ja, ich bin's wirklich. Da wollte ich dich heute noch besuchen, und dann läufst du mir einfach so auf dem Parkplatz eines Supermarkts über den Weg!" Er nahm ihr die Kiste Wein aus den Händen und stellte sie neben die Packung mit den Wasserflaschen, dann schloss er sie in die Arme und küsste sie rechts und links auf die Wangen. „Wie lange haben wir uns nicht mehr gesehen?", fragte er dabei und rechnete nach.

„Ziemlich genau vierzehn Jahre", antwortete Cornelia wie aus der Pistole geschossen. Und nach einer Pause mit Vorwurf in der Stimme: „Warum bist du damals einfach fortgegangen? Ohne etwas zu sagen und ohne dich je wieder zu melden! Wenigstens verabschieden hättest du dich können!"

„Ich wollte nicht, dass ... ach was!" Er brach ab. „Das alles ist doch schon eine Ewigkeit her. Sag, wie geht es euch? Dir, Markus und den Kindern?"

„Markus und ich haben uns scheiden lassen." Sie versuchte zu lächeln. „Seine Midlife-Crisis, eine andere

Frau ... das alte Lied. Anfangs war es schwer für uns. Du weißt ja, Markus war einfach überall unentbehrlich, und vor allem die Kinder haben ihn sehr vermisst. Aber inzwischen haben wir uns ganz gut arrangiert und können sogar wieder reden und lachen miteinander."

Leonhard nickte. „Tut mir Leid für euch."

Cornelia zuckte die Schultern. „Ist jetzt schon fast fünf Jahre her, ich bin darüber hinweg. Markus lebt mit Lena in Waldkirchen. Sie ist Lehrerin, er hat den Betrieb seiner Eltern übernommen. Vor drei Jahren hat er mit ihr zusammen noch ein Kind bekommen, einen Jungen. Aber irgendwie habe ich das Gefühl, sie sind nicht wirklich glücklich."

Cornelia stellte die letzte der Tüten in den Kofferraum und schloss den Deckel. Als sie sich Leonhard wieder zuwandte, sah er sie mit diesem zärtlichen Blick an, den sie von früher noch kannte. „Ich muss leider weiter", sagte er. „Vielleicht treffen wir uns ja mal?"

„Heißt das etwa, du wohnst wieder hier?", war sie erstaunt. Damals, als er so plötzlich verschwunden war, hatte es geheißen, er sei nach Berlin gegangen, um dort einen Betrieb zu übernehmen. Eine Druckerei, in der Glückwunschkarten, Einladungen und Prospekte gedruckt wurden.

„Ja, ich bleibe hier. Ich habe das Haus von Tante Hannelore geerbt. Drüben in Hals, gleich unter der Burgruine. Die Großstadt ist mir zu laut geworden."

Cornelias Lächeln wurde breiter. „Ich verstehe, der alte Wolf braucht seine Ruhe!"

Sie lachten, sahen sich in die Augen. „Dann besuche uns doch mal - wie wär's gleich heute Nachmittag, auf einen Kaffee?"

„Ich komme gerne, aber ich weiß nicht, ob ich es heute noch schaffe. In einer Stunde schaut ein Heizungsmonteur vorbei, um die Heizkörper auszuwechseln. Wohnt ihr noch immer in der Ilzstadt?"

„Ja, das Haus konnten die Kinder und ich behalten. Nur die Telefonnummer hat sich geändert. Steht im Telefonbuch! Ruf einfach an, falls du Zeit hast." Cornelia stieg ein und fuhr winkend davon. Im Rückspiegel sah sie, dass er ihr nachblickte, bis sie um die Ecke bog.

Zuhause räumte sie die Einkäufe weg und notierte auf einem Zettel, was sie am Samstag noch besorgen musste. Dann ging sie ins Wohnzimmer und suchte nach den alten Fotoalben. Sie nahm das, auf dem 1975 bis 1979 stand und schlug es auf. Die ersten Fotos zeigten sie mit ihren Eltern und Tante Margarete. Ihr fünfzehnter Geburtstag folgte, ein Schulausflug in den Nationalpark, Weihnachten mit der Familie.

Diese Fotos überblätterte sie, ohne ihnen einen Blick zu gönnen. Erst als sie bei den Fotos mit Markus und Leonhard ankam, hielt sie inne. Sie wurden auf dem Abi-Ball aufgenommen, zu dem Markus sie eingeladen hatte. Sie war sechzehn, er neunzehn Jahre alt. Schon länger war sie heimlich in ihn verliebt gewesen. Doch dass einer, der drei Jahre älter und bei den Mädchen so beliebt war, ihre Gefühle erwidern würde, hätte sie niemals geglaubt. Als er dann mit einer weißen Rose vor ihrer Tür stand und sie fragte, ob sie ihn auf den Ball begleiten wollte, wäre sie vor lauter Stolz fast zersprungen. Beinahe hätten ihre Eltern ihr nicht erlaubt, Markus auf diesen Ball zu begleiten. „Weil du erst zwei Wochen nach dem Ball sechzehn wirst", hatte ihr Vater gesagt, „und dieser Markus schon neunzehn Jahre alt ist – zu alt für dich!"

Doch dann hatte sich Tante Margarete eingeschaltet und ihren ‚kleinen Bruder' doch noch überzeugen können. „Wenn so ein Junge heutzutage noch mit einer weißen Rose vor der Tür steht und den Papa fragt, ob er die Tochter auf einen Ball einladen darf, dann weiß er, was sich gehört!" Das hatte sie gesagt und ihren Bruder dabei irgendwie bedeutungsvoll angesehen. So als hätte sie noch etwas anzufügen. Etwas ohne Worte, das außer ihnen beiden niemand zu wissen brauchte.

Mit diesem Abi-Ball hatte alles angefangen. Sie und Markus – und Leonhard, der sein Freund war. Zu dritt hatten sie den Abend verbracht, und zu dritt verbrachten sie die nächsten Jahre.

Markus' Eltern besaßen dieses Wochenendhaus in der Nähe vom Freudensee. Eineinhalb Stunden mit dem Rad, und sie waren dort. Noch zehn Minuten zu Fuß durch den Wald, und der See lag wie ein großer, silbriger Spiegel vor ihnen. Ganze Tage saßen sie auf ihrer Decke an diesem kleinen Strand, der ganz versteckt zwischen Bäumen lag. Nur ein paar Quadratmeter, die ihnen alleine gehörten. Eine Gitarre, ein Ruderboot und zwei Pferde im nahen Reitverein, die Markus' Eltern dort eingestellt hatten und die sie reiten durften. Ein unbeschreiblich glücklicher Sommer war das! Zwei Jungens, die sie verwöhnten, reiten, träumen, angeln und frei sein.

Doch die Liebe zu Markus verblasste etwa im selben Maße, wie ihre Freundschaft zu Leonhard sich zu einem tieferen Gefühl auswuchs. Sie erinnerte sich noch gut daran, wie sie sich dort am See den Fuß an einem scharfen, abgebrochenen Ast verletzte und Leonhard sie verband. Wie er vor ihr kniete und zu ihr hinaufsah. Ein stiller Blick, ein vorsichtiges Lächeln, ein paar Sekunden, in denen es nur sie beide gab. Auch wenn sie nie darüber gesprochen hatten, Cornelia wusste, das war der Moment, in dem sie sich ineinander verliebt hatten.

Plötzlich flog die Tür auf, und Andreas stürmte herein. Ein Blick über Cornelias Schultern auf das Album, dann ein Lachen. „Na, Mama, hängst du früheren Zeiten nach?", fragte er im Tonfall eines jungen Mannes, für den eine Frau von in den Fünfzigern bereits jenseits von Gut und Böse war.

„Du weißt doch, die alten Zeiten sind immer die besten", entgegnete sie im gleichen Ton.

„Klar, weiß ich. Hat Opa ja auch immer gesagt. Ich zieh mich bloß schnell um, muss noch zu Benni rüber, bevor ich mit Lissy Tennisspielen gehen."

„Und wann büffelt ihr mal fürs Studium?", erlaubte sie sich zu fragen.

„Hat Zeit bis heute Abend." Er tippte sich an die nicht vorhandene Mütze, grinste breit, und weg war er.

Seufzend schob Cornelia das Album ins Regal zurück, setzte sich an den Computer und erledigte ihre Arbeit für heute. Sie war Steuerberaterin und betreute eine Hand voll Firmen.

Cornelia küsste Leonhard zur Begrüßung auf die Wangen und führte ihn ins Wohnzimmer. „Schön, dass du doch noch kommen konntest!"

Als er den Strauß auf ihrem Tisch sah, bedauerte er, nicht auch welche mitgebracht zu haben. Stattdessen hatte er eine Flasche Sekt dabei, um auf das Wiedersehen anzustoßen. Er deutete auf die Blumen. „Von wem sind sie?"

„Von Philipp Wagner." Sie schenkte Kaffee ein und schob ihm eine Tasse hin.

Leonhard zog Stirnfalten, durchforstete sein Gedächtnis nach einem Mann dieses Namens. „Meinst du etwa Philipp Wagner, den Sohn des Landrats, der dir schon zu Schulzeiten nachgestiegen ist? Der bringt dir Blumen?"

„Philipp Wagner ist inzwischen selbst Landrat und ebenfalls geschieden." Sie lachte und nahm einen Schluck. Dann sah sie Leonhard plötzlich ernst an. „Er hat mir vor ein paar Tagen einen Heiratsantrag gemacht."

Leonhard öffnete und schloss den Mund. „So, hat er das." Seine Stimme klang kratzig. Dann etwas leiser: „Bin ich also schon wieder zu spät gekommen ..." Er sah

Cornelia forschend in die Augen. „Und, wirst du Ja sagen?"

„Ich habe ihm versprochen, darüber nachzudenken. Philipp ist ehrlich, zuverlässig, und die Kinder mögen ihn. Glaube ich jedenfalls."

„Ehrlich und zuverlässig!" Leonhard drehte Blicke zur Decke. „Und die Kinder mögen ihn - das ist kein Heiratsgrund! Zumal die Kinder bereits einundzwanzig und vierundzwanzig Jahre alt sind, soweit ich mich erinnere."

Cornelia zuckte die Schultern. „Es gibt schlechtere Gründe, eine Ehe einzugehen."

Plötzlich ging die Tür auf, und ihre Sprösslinge erschienen, um sich zum Tennis abzumelden. Als Leonhard sie vor vierzehn Jahren zum letzten Mal gesehen hatte, war Lissy sechs und Andreas zehn gewesen. Lissy konnte sich nur noch vage an ihn erinnern, aber Andreas schien sich ehrlich über das Wiedersehen zu freuen.

„Hey Leonhard!" Er klopfte ihm auf die Schultern. „Auch mal wieder im Lande?" Und zu seiner Schwester sagte er: „Damals hat er mir das Tennisspielen beigebracht. Inzwischen dürfte er allerdings kaum noch eine Chance gegen mich haben!" Dabei tätschelte er ihm die

Schulter, als wäre er steinalt und ginge bereits am Krückstock.

Leonhard lachte. „Sei dir da mal nicht so sicher! Wir können es ja ausprobieren."

„Geht klar. Gib Mama deine Telefonnummer, dann rufe ich dich an!" Damit verließen die beiden das Haus.

„Andreas ist Markus wie aus dem Gesicht geschnitten!" Leonhard schüttelte lächelnd den Kopf. „Und deine Tochter ist fast so hübsch wie du! Warum zum Teufel musstest du damals unbedingt Markus heiraten?"

„Er hat mich gefragt - du nicht." Sie sah ihm lange und tief in die Augen.

„Du hättest aber wissen müssen, dass ich dich liebe", sagte er halb im Ernst, halb im Scherz.

„Und du hättest wissen müssen, dass man es einer Frau sagen muss, wenn man sie liebt!"

Leonhard seufzte. „Ich befand mich in einer furchtbaren Zwickmühle. Markus war mein Freund. Ich brachte es einfach nicht fertig, dich ihm wegzunehmen. Das macht man nicht. Die Freundin des besten Freundes ist tabu."

„Und da hast du abgewartet und gehofft, wir trennen uns irgendwann einmal." Sie sagte es mehr zu sich als zu ihm.

„Ich dachte, wenn sie mich liebt ..." Er verstummte.

„ ... dann nimmt sie mir die Verantwortung ab?" In Cornelias Stimme schwang Ärger mit.

Leonhard griff nach ihren Händen und führte sie an seine Lippen. „Wir waren vielleicht noch zu jung für solch weitgreifende Entscheidungen. Lassen wir das hinter uns, denken wir an heute."

Cornelia hätte jetzt sagen können, dass sie immerhin fünfundzwanzig Jahre alt war, als sie Markus heiratete, und Markus und Leonhard waren drei Jahre älter als sie – so jung also nun auch wieder nicht! Aber sie ließ es bleiben. Leonhard hatte ja Recht. Ein Vierteljahrhundert war inzwischen vergangen, und die alten Fehler konnten nicht gut gemacht werden. Man konnte es in Zukunft höchstens besser machen, und das nahm sie sich hiermit vor.

Leonhard wechselte das Thema. „Erinnerst du dich an Tante Hannelores Haus?", fragte er.

„Aber natürlich. Wir haben ein paarmal auf ihrer Terrasse von ihrem herrlichen Zwetschgenkuchen gegessen. Der Ausblick ins Tal hinunter ist einfach traumhaft. Ich freue mich für dich, dass du es geerbt hast."

„Und auf der Burgruine, eine Stück weiter den Berg hinauf, habe ich dich zum ersten und einzigen Mal geküsst", fügte Leonhard zärtlich an.

„Ja. Und konntest mir danach kaum noch in die Augen schauen! Ich dachte, es war dir peinlich, weil du mich nicht liebst."

„Es war mir peinlich, weil ich dich liebte. Und weil ich an Markus denken musste und ein schlechtes Gewissen hatte."

Nun waren sie schon wieder bei diesem leidlichen Thema! „Trink endlich deinen Kaffee, sonst wird er noch kalt", fuhr Cornelia ihn schroff an.

Eine Weile saßen sie schweigend da, schließlich sagte Cornelia: „Wenn du magst, komm doch am Sonntag zum Essen. Die Kinder sind da, meine Kusinen aus England und Tante Mathilde …" Sie zögert. „Und Philipp auch. Du kennst sie alle, sie freuen sich bestimmt, dich wiederzusehen."

Er schüttelt langsam den Kopf. „Das ist lieb von dir, aber ich bin ein Egoist. Ich komme lieber ein andermal, wenn ich dich für mich alleine habe!"

Am nächsten Morgen rief er an. Es war Samstag, der Tag vor Muttertag. „Hast du schon mal aus dem Fenster geschaut?", fragte er.

Sie tat es, ließ den Blick über den Garten und hinunter zur Ilz gleiten. „Meinst du das tolle Wetter?"

„Genau. Sonnenschein, so weit das Auge reicht! Ich dachte, wir könnten zum Freudensee fahren."

„Das Wochenendhaus gibt es nicht mehr", sagte Cornelia. „Markus' Eltern habe es verkauft, als sein Vater nach einem Schlaganfall nicht mehr laufen konnte. Später wurde es abgerissen."

„Aber die kleine Bucht wird es doch noch geben."

„Ich weiß es nicht, ich war ewig nicht mehr dort."

„Dann hole ich dich um elf Uhr ab. Wir fahren zum Freudensee und gehen anschließend irgendwo zum Mittagessen." Leonhard hatte aufgelegt, bevor sie noch etwas einwenden konnte.

Cornelia sah auf die Uhr. Sie hatte noch einiges für morgen zu besorgen. Fleisch, Salat, eine Torte ... Wenn sie das alles bis elf Uhr schaffen wollte, musste sie sich sputen.

Als sie viertel vor elf abgehetzt zurückkam, lagen ihre Sprösslinge noch immer im Bett. Sie ärgerte sich darüber, wollte sich aber den Tag nicht verderben lassen. „Sobald sie mit dem Studium fertig sind, setz ich sie vor die Tür!", schwor sie sich, zog sich schnell um und legte ihren Kindern einen Zettel auf den Tisch: Weiß nicht, wann ich zurück bin, den Weg zur Gefriertruhe kennt ihr ja! – Mama.

*

In Salzweg bog Leonhard von der Hauptstraße ab und fuhr durch die Dörfer. Bald kamen sie in die Gegen, die sie damals bei ihren Ausritten durchstreiften. Wälder, Bäche kleine Siedlungen und Gehöfte. An einer Wegegabelung blieb er stehen und deutete nach rechts. „Ging es hier nicht zu der alten Frau, die sie Hexe nannten?"

Cornelia nickte. „Ja, ich glaube schon."

Sie bogen ab und stoppten schon bald vor einem winzigen Holzhaus mit kleinen niedrigen Fenstern. Einem Schild am Straßenrand zufolge konnte man es als Ferienhaus mieten.

„Das ist es!“, sagte Leonhard.

Hier kamen sie einmal mit den Pferden vorbei. Eine alte gebeugte Frau mit krummem Rücken schleppte sich mit einer schweren Holzleiter ab, die sie an einen Apfelbaum lehnen und dann offensichtlich hinaufsteigen wollte. Sie fragten sie, ob sie ihr helfen konnten. Die Alte sah sie aus ungläubigen Augen an. Dann sagte sie Ja, und Leonhard stellte ihr die Leiter auf, kletterte hinauf, pflückte die Äpfel, die er Cornelia herunterreichte, damit sie sie in einen Korb legte. In einer halben Stunde war der ganze Baum abgeerntet, und die Alte ließ es sich nicht nehmen, ihre Helfer zum Dank einzuladen. Sie führte sie in ihr Haus, das aus einer winzigen Wohnküche, einer noch viel kleineren Schlafkammer und einer Vorratskammer bestand. Es gab keinen Strom, sie besaß weder Radio noch Kühlschrank oder sonst irgendeinen ‚Luxus‘.

Was sie ihnen auftischte waren zwei alte trockene Semmeln und eine Flasche Limonade. Während Cornelia und Leonhard artig die Semmeln aßen, erzähle sie ihnen, dass sie von dem lebte, was ihr kleiner Acker hergab. Manchmal ließen ihr die Leute auch ein bisschen Geld zukommen – wenig genug. Die Kinder hänselten sie, riefen ihr ‚alte Hexe‘ nach und drehten ihr lange Nasen. Besuch bekam sie nie. Ihr Haus, erzählte sie, hatte ihr

Vater mit eigenen Händen gebaut, und sie hatte nie etwas daran verändert. Weil sie kein Geld für Veränderungen hatte, und weil sie ja auch so ganz gut zurechtkam. Sie hatte es der Kirche überschrieben, dafür würde sie ein Grab mit einem eisernen Kreuz bekommen. Als Cornelia und Leonhard wieder aufbrachen, sagte sie zum Abschied: „Ich bete für euch, und kommt mal wieder." Das war im Herbst gewesen. Als sie im Frühjahr nach ihr schauen wollten, war sie gestorben.

Sie sahen sich an und hatten beide denselben Gedanken: Lass uns zum Friedhof fahren!

Das Grab gab es noch. Der Innschrift konnten sie entnehmen, dass Frieda Holzner in diesem Jahr 105 Jahre alt geworden wäre. Sie kauften ein Gesteck aus Trockenblumen und legten es auf das Grab, hielten sich an den Händen und dachten an den Apfelbaum, der immer noch neben dem Haus stand und gerade Blüten trug. Und sie dachten an die trockenen Semmeln und die Limonade und lächelten gerührt.

Sie fuhren weiter und parkten dort, wo einmal das kleine Wochenendhaus gestanden hatte, das ein paar schicken Einfamilienhäusern weichen musste. Der Weg über die Felder und durch den Wald war inzwischen eine Flurbereinigungsstraße, und auf ihrer kleinen Bucht stand eine Bank.

Sie setzten sich und blickten aufs Wasser. „Die Zeit“, sagte Leonhard, „ist ein seltsames Tier. Es frisst und spuckt aus. Dinge verschwinden, Anderes entsteht, und plötzlich ist einem das Liebste ganz fremd geworden.“

„Aber Leonardo da Vinci sagte einst: Die Zeit verweilt lange genug für denjenigen, der sie nutzen will!“

„Du meinst, ich bin selbst schuld, dass ich so viel von dem verlor, was ich liebe? Weil ich die Zeit nicht genutzt habe?“

„Ich meine, wir sind jetzt hier, also küss mich endlich!“

Das ließ sich Leonhard nicht zweimal sagen. Er küsste Cornelia, und es war ein langer, zärtlicher Kuss voller Liebe.

Sie gingen zum Auto zurück und fuhren nach Passau. Dort fanden sie einen Tisch vorm Ratskeller mit Blick auf die Donau und die Veste, die hoch droben am gegenüberliegenden Ufer thronte. „Das alles habe ich vermisst in Berlin.“ Leonhard seufzte. „Es war eine gute Zeit, aber wirklich zu Hause bin ich nur hier.“ Er nahm Cornelias Hand und drücke sie. „Hier in dieser Stadt und bei dir.“

Als sie gegessen hatten, spazierten sie durch die Gassen zur Donauspitze. Dabei kamen sie am Scharfrichterhaus vorbei, eine Kneipe und Kleinkunstbühne. Früher waren sie oft hier gewesen, hatten sich Leute wie Sigi Zimmerschied oder Konstantin Wecker angesehen.

„Kommst du noch manchmal her?", fragte Leonhard.

Sie schüttelte den Kopf. „Zum letzten Mal bin ich an meinem vierzigsten Geburtstag mit Markus hier gewesen."

„Dann müssen wir das unbedingt schon demnächst nachholen!" Er ging hinein und kam mit zwei Programmflyern zurück. Einen davon gab er Cornelia. „Such dir aus, was du sehen möchtest, und lass es mich wissen!"

Sie lachte und dachte bei sich: *Es ist schön, dass er wieder da ist – er hat mir so gefehlt.*

Schon um neun Uhr stand sie in der Küche, das das Menü vorzubereiten. Als Lissy eine Stunde später gähnend und im Schlafanzug in der Küche erschien, sah sie ihre Mutter schmollend an. „Ich wollte dir doch das Frühstück ans Bett bringen!"

Cornelia seufzte. „Da musst du schon früher aufstehen."

Lissy drückte ihr einen ungewaschenen Kuss auf die Wange. „Ist gestern halt spät geworden. Aber trotzdem: Alles, alles Liebe zum Muttertag!"

„Danke. Du könntest deinen Bruder wecken und wenn du dich angezogen hast schon mal den Tisch decken. Nimm Omas Geschirr und das Silberbesteck."

„Okay, Boss!" Sie zog ab, zehn Minuten später erschien Andreas.

„Hei Mom! Lass dich knuddeln!" Er knuddelte sie. „Vierundzwanzig Jahre Mutter von mir war bestimmt nicht einfach." Er grinste breit.

„Och, na ja, was mich nicht umbringt macht mich stark." Sie lachte ebenfalls. „Trotz allem – wäre doch schade gewesen, wenn ich auf euch hätte verzichten müssen."

„Eben!" Er füllte sich seine Müslischale und verschwand wieder.

Punkt zwölf kamen die Gäste. Eine Person mehr, als geplant, denn Andreas hatte ungefragt diese Emmy eingeladen. Ein von Piercings durchlöchertes, Kaugummi kauendes Wesen mit schwarzen Fingernägeln und einer Stimme, als würde sie unentwegt durch ein Megaphon sprechen! Dafür musste Philipp noch vor dem Hauptgang wieder gehen, weil er eine Rede auf einer Demo halten sollte, und die Politik hatte schließlich Vorrang.

Es gab Rindsbrühe mit Grießnockerl, danach Rouladen mit Blaukraut und zum Nachtisch Apfelstrudel mit Vanilleeis. Die Gäste ließen sich bedienen, als wäre Cornelia hier das Aschenputtel, und auch die Sprösslinge halfen nur, wenn sie nachdrücklich dazu aufgefordert wurden. Von wegen Muttertag! In Cornelia grollte die Wut beträchtlich!

Als Lissy dann auch noch wegen der Nachspeise zu motzen anfing - schon wieder Apfelstrudel mit Eis, kannst du nicht mal Tiramisu machen! - hatte Cornelia die Nase endgültig voll. Sie trug das Geschirr in die Küche, schrieb einen Zettel, zog die alte schwarze Wolljacke über, schlüpfte in ihre Gummistiefel und ging querfeldein davon.

Niemand hatte etwas von ihrem Weggehen bemerkt. Erst als der erhoffte Kaffee ewig nicht kam, ging Lissy in die Küche und fand dort statt ihrer Mutter einen Zettel auf dem Tisch: „Ihr könnt gerne alleine weiter feiern, ich habe etwas Besseres vor!“, las sie laut, so dass alle es hören konnten, und schüttelte dabei empört den Kopf. „Das ist doch mal wieder typisch Mama! Bloß weil ich

das mit dem Tiramisu gesagt habe, ist sie gleich einge-
schnappt!"

Lissy griff nach dem Telefon und rief Cornelia auf dem
Handy an. Der Klingelton erklang auch sofort – ein
Sinatralied. Es kam aus der Diele. Cornelia hatte ihr
Handy nicht mitgenommen!

*

Als Cornelia in ihrem eleganten brombeerroten Satink-
leid mit der ollen schwarzen Wolljacke und den Gummistiefeln vor Leonhard stand, musste er lachen. „Ich
habe schon immer deinen außergewöhnlichen Ge-
schmack bewundert!" Er nahm ihre beiden Hände und
küsste sie nacheinander. „Ich dachte, du hättest Gäste?"

Cornelia verdrehte die Augen. „Das Fest war eine einzige Katastrophe, und mir war plötzlich bewusst, wenn
ich nicht sofort anfange, für mich selbst zu sorgen,
werde ich es vielleicht nie mehr lernen."

Sie folgte Leonhard ins Haus und sah sich um. „Da ist ja
eine Menge passiert seit vorgestern", sagte sie. Und
dann: „Mein Gott, wenn ich dran denke, wie jung und
unbedarft wir noch waren, als wir hier deine ‚alte' Tante
besuchten? Da war sie doch höchstens fünfzig, oder?
Und jetzt bin ich selbst in den Fünfzigern und habe nur

143

noch so ‚schöne brünette Haare‘, weil ich sie mir regelmäßig tönen lasse.“

Leonhard lachte und sah zu, wie Cornelia über eine Werkzeugkiste ins angrenzende Zimmer stieg, wo sie sich um die eigene Achse drehte und alles ganz genau betrachtete. „Das soll mein Arbeitszimmer werden“, erklärte er.

„Und was wirst du hier arbeiten? Hattest du in Berlin nicht eine Druckerei?“

„Richtig. Aber nebenbei habe ich auch fotografiert, Karten entworfen und Buchcover designt. Das werde ich hier zu meinem Hauptberuf machen. Von diesen Einnahmen und dem was ich für den Verkauf der Druckerei und meiner Wohnung in Berlin bekomme, kann ich bis zur Rente leben. Große Ansprüche stelle ich ja nicht mehr.“

„Du meinst, in deinem Alter?“ Sie schmunzelte.

„Ich muss keine Familie mehr ernähren, ich brauche kein tolles Auto. Ab und zu eine kleine Reise, das schöne Haus hier – das genügt mir.“

Sie waren inzwischen auf die Terrasse gegangen. Das Tal lag still in der Abendsonne, das Wasser der Ilz blinkte hie und da wie ein Streifen Silberfolie, der im Wind weht.

„Natürlich bleibt hier noch viel zu tun“, redete Leonhard weiter. „Neue Stromleitungen, ein neues Bad, eine Küche ... aber dann ist es wirklich ein Traumhaus.“ Er drehte sich zu Cornelia um und nahm sie in den Arm: „Und es wäre genug Platz für zwei.“

„Gibt es denn jemanden, der hier mit dir leben wird?“, fragte sie zwischen zwei Küssen.

„Wenn du Philipps Angebot ausschlägst und uns ein bisschen Zeit lässt, das zu entscheiden, dann vielleicht schon.“

*

Als Lissy vormittags in die Küche kam, saß Andreas bereits beim Frühstück. Sie starrte angewidert auf seinen Teller mit Cornflakes. „Kein Ei da, kein Toast?“, war sie empört.

„Mama ist nicht zu Hause“, brummte er.

„Wie? Ist sie etwa die ganze Nacht weggeblieben?“

„Scheint so.“ Er löffelte weiter dieses ekelhafte Zeug in sich rein.

„Wieso das denn?! Du meinst doch nicht etwa sie ist ...“ Weiter kam sie nicht, denn plötzlich ging die Tür auf und Cornelia betrat die Küche. Sie trug einen alten Jogginganzug, der ihr viel zu groß war, ihr Kleid und die Stola hatte sie über den Arm gelegt.

„Guten Morgen“, sagte sie knapp.

„Wo warst du?“, fragte Andreas streng.

„Ich habe bei einem Freund übernachtet.“

Lissy und Andreas tauschten Blicke. Sie wussten Bescheid. Und man sah ihnen an, was sie davon hielten, dass ihre Mutter ganz offensichtlich bei Philipp übernachtet hatte!

Cornelia ging ins Bad. Sie ließ Wasser einlaufen, betrachtete sich eine Weile im Spiegel und lächelte. „Du siehst glücklich aus“, sagte sie zu sich selbst, warf sich eine Kusshand zu und ließ sich dann mit einem wohligen Seufzen in die Wanne gleiten. „Herrlich!“ Sie tauchte unter und wieder auf und begann ein Lied zu singen. „Kann denn Liebe Sünde sein, di-bi-di-duda, di-bi-di-daa ...“

Lissy und Andreas hörten es und tauschten bedeutungsvolle Blicke.

„Wenn Mama die ganze Nacht bei Philipp war“, sagte Lissy und klapperte dabei ärgerlich mit den Tellern, „dann wird sie ihn sicher auch bald heiraten. Wir kennen sie ja, sie ist zum Mäuse melken konsequent!“

Am Spätnachmittag, so gegen fünf Uhr, erschien Leonhard. Cornelia war gerade im Keller beim Bügeln.

„Hey“, sagte Andreas.

„Tag“, grummelte Lissy.

Leonhard zog die Augenbrauen hoch. „Ist was? Ihr habt ja eine Laune wie drei Tage Regenwetter!“

Lissy zog eine Schnute, als hätte sie auf eine Zitrone gebissen. „Mama wird heiraten“, spuckte sie verächtlich aus.

Leonhard sah sie verdutzt an. „So? Wen denn?“

„Na, Philipp natürlich“, knurrte Andreas. „Der scharwenzelt doch schon seit Monaten um sie herum!“ Er klopfte Leonhard auf die Schultern. „Also, wie ist es nun mit unserem Tennismatch? Ich könnte für Morgen einen Court buchen.“

Leonhard starrte ihn fassungslos an. „Vielleicht solltest du besser mit Philipp spielen!“, zischte er, als er sich wieder gefangen hatte. Dann drehte er sich um und verließ mit langen Schritten das Haus.

Andreas schüttelte den Kopf. „Tz, mit Philipp! Als ob der Langweiler Tennis spielen könnte."

*

Cornelia griff nach dem Telefonhörer, zog ihre Hand dann aber doch wieder zurück. Nein, sie würde Leonhard nicht anrufen! Er war es doch gewesen, der sie versetzt hatte! Wollte sie am Nachmittag nach ihrer wunderbaren, zärtlichen Liebesnacht zu einem Spaziergang abholen und war dann einfach nicht erschienen. Vermutlich hatte er sein vorschnelles Versprechen von Liebe und Glück dann doch wieder bereut. Genau wie damals, nach ihrem ersten Kuss! Nachts im Bett sagt man vieles, was vielleicht schon am nächsten Morgen keine Gültigkeit mehr hat. Doch sich einfach so ohne ein Wort davonzustehlen, nichts mehr von sich hören zu lassen, das war herzlos und gemein.

Als Lissy in die Küche kam, sah sie ihre Mutter ungläubig an. Die hatte doch tatsächlich verweinte Augen! Und das, wo sie noch vor ein paar Tagen so glücklich gewesen war, dass sie im Bad ein Lied von Liebe und Sünde gesungen hatte.

„Was ist denn los mit dir?", fragte sie ungewöhnlich sanftmütig und legte ihrer Mutter tröstend den Arm um die Schultern. „Hast du etwa Streit mit Philipp?"

Cornelia zog die Stirn in Falten. „Wieso Philipp? Wie kommst du denn darauf?"

„Na, letzte Woche wolltest du ihn noch heiraten, und jetzt hast du plötzlich verweinte Augen!"

„Heiraten?" Cornelia schüttelte den Kopf. „Wer behauptet denn um Himmels Willen so einen Unsinn? Ich werde Philipp nicht heiraten!"

Lissy klappte den Mund auf und wieder zu. „Ja aber, wo warst du denn dann, als du bei einem ‚Freund' übernachtet hast?"

„Ich war bei Leonhard", sagte sie, stand auf und fing an, das Geschirr aus der Spülmaschine zu räumen.

Eine Weile war es still, nur das Klappern von Tellern und Besteck war zu hören. Dann stieß Lissy plötzlich ein ‚Ojemine' aus, das sehr nach Panik klang.

Cornelia sah sie an. „Ojemine – was?"

Lissy ließ das Kinn auf die Brust sinken. „Mama, ich glaube, Andreas und ich haben da etwas angerichtet! Leonhard war hier. Am Montagnachmittag. Und da habe ich zu ihm gesagt, dass du Philipp heiratest. Weißt du, wir dachten das, weil du doch immer alles so genau nimmst. Wenn sie über Nacht bei einem Mann bleibt, sagten wir uns, dann kann das nur Philipp sein, und dann wird sie ihn jetzt auch heiraten."

Cornelia sah ihre Tochter fassungslos an. Auf einmal war ihr alles klar. Darum also hatte Leonhard sich nicht mehr gemeldet! Sie lief zum Telefon und wählte seine Nummer, aber niemand nahm ab. Sie legte den Hörer wieder auf und starrte nachdenklich an die Wand.

„Falls du jetzt Leonhard anrufen wolltest", sagte Lissy kleinlaut, „ich glaube, der will nach Berlin zurück. Wenigstens hat mir das die Franziska, erzählt, die wohnt doch auch drüben in Hals. Vielleicht ist er schon weg!"

Cornelia klappte den Mund auf und wieder zu. Plötzlich riss sie den Autoschlüssel vom Schlüsselbord, lief zum Wagen und raste davon.

Als sie den Weg zu Leonhards Haus hinauf fuhr, war er gerade dabei, seine Tür abzuschließen. Cornelia trat in die Bremsen, sprang aus dem Wagen und stürzte auf ihn zu. „Nie wieder!", rief sie. „Hörst du Leonhard Mielke,

nie wieder schleichst du dich einfach so aus meinem Leben, ohne mir etwas zu sagen!"

Er starrte auf die Tränen, die über ihre Wangen liefen.
Es waren Tränen der Wut und der Erleichterung. „Aber
du wolltest doch Philipp heiraten!", sagte er gekränkt.

„Das war doch alles nur ein Missverständnis!" Sie schüttelte den Kopf und stieß aus: „Ach, wenn du doch nur
einmal deinen Mund aufmachen würdest, statt dich
heimlich davonzustehlen! Ich liebe dich, hörst du, und
ich will jetzt endlich mit dir glücklich sein!"

Der schöne Schwarzhaarige

Roland Martens nahm den letzten Schluck Kaffee und steckte den Plastikbecher dann in den Abfallbehälter. Als eine Stimme aus dem Lautsprecher erschall, hob er den Kopf.

„Sehr verehrte Fahrgäste, hier spricht Ihr Zugbegleiter. Ich muss Ihnen leider mitteilen, dass wir voraussichtlich mit zwanzigminütiger Verspätung in Regensburg ankommen werden. Die Anschlusszüge nach Kelheim und Landshut können Sie nicht mehr erreichen."

Roland seufzte. Es war spät, und drei anstrengende Tage lagen hinter ihm - zähe Verhandlungen mit unflexiblen, sturen Kunden, die alles besser zu wissen schienen. Und dann noch die lange Reise mit dem Zug! 'Aber besser spät zu Hause sein, als eine weitere Nacht im ungemütlichen Hotelzimmer verbringen zu müssen', hatte er gedacht und war noch am Nachmittag losgefahren. Inzwischen bereute er seinen Entschluss.

Auf dem Bahnsteig in Regensburg zog er sein Handy aus der Tasche, um Angelika anzurufen. Bereits in Nürnberg hatte er es mehrmals versucht, wollte ihr Bescheid sagen, dass er schon heute kommen würde - aber ständig war belegt gewesen. Und nun saß er auch noch in Regensburg fest, und sie musste ihn mit dem Wagen abholen! Und nun war wieder nur das Besetztzeichen zu hören.

Seufzend nahm er sein Gepäck, verließ den Bahnsteig und ging in die Bahnhofshalle. Dabei kreisten seine Gedanken um seine Frau. Sie waren beide geschieden und hatten lange alleine gelebt. Vor drei Jahren waren sie das Wagnis eingegangen und noch einmal zu heiraten. Kaum ein halbes Jahr später war die Firma, bei der er angestellt gewesen war, Konkurs gegangen. Danach hatte er sich mit einem Beraterbüro selbständig gemacht, und seitdem blieb ihm viel zu wenig Zeit für Angelika. Aber was hätte er denn anderes tun sollen? Einen siebenundfünfzigjährigen, arbeitslosen Ingenieur stellte doch keiner mehr ein! Und ein Mann, der als verzweifelter Arbeitssuchender zu Hause herumsaß, hätte ihr bestimmt noch weniger gefallen.

In der Halle stellte er sein Gepäck auf einen Sitz, nahm wieder das Handy und wählte noch einmal seinen Hausanschluss. „Immer noch besetzt!", murmelte er. „Mit wem telefonierte sie nur ständig?"

Als Roland sie das gestern am Telefon gefragt hatte, hatte sie lachend geantwortet: „Mit dir, mit Lydia, mit meiner Mutter und mit Katja - immer im Turnus." Lydia war ihre Freundin, Katja ihre Schwester. Aber dann war sie plötzlich ernst gewesen. „Weißt du, immer alleine zu Hause sein, für dich die Büroarbeit erledigen - Rechnungen, Angebote, Exposés schreiben - und zwischendurch die Waschmaschine füllen, das kann verdammt einsam sein. Manchmal ist das Telefon die einzige Möglichkeit für mich, mit jemandem zu reden."

Ja, es war ihm klar, dass ihr Leben nicht einfach war. Früher hatte sie für ihren Exmann gearbeitet, jetzt für ihn. Auch sie war bereits fünfundfünfzig Jahre alt, auch für sie war es nicht so leicht, einen Arbeitsplatz zu finden.

Er schloss die Augen und sah sie vor sich. Zierlich und gut gebaut, volles, blondes Haar, sprühende blaue Augen, und immer ein Lachen im Gesicht ... das heißt, in letzter Zeit wirkte sie, wenn sie sich unbeobachtet fühlte, manchmal recht traurig.

Es wäre kein Wunder, wenn sie sich eines Tages einen Liebhaber nehmen würde, schoss es ihm durch den Kopf.

Er wischte sich mit einer fahrigen Handbewegung über die Stirn, als könnte er so seine Gedanken verjagen, dann griff er noch einmal zum Handy und versuchte Angelika anzurufen.

„Wieder nur das Besetztzeichen!“

Nun gut, dann würde er sie eben überraschen! Dachte es, verließ den Bahnhof und eilte zum Taxistand.

Eine dunkelhaarige Chauffeurin lehnte an ihrem Wagen und rauchte. „Taxi?“ fragte sie, als er näher kam.

„Ja, bitte bringen Sie mich nach Kelheim.“

Sie musterte ihn kurz, nickte dann und stieg ein. Roland warf sein Handgepäck auf den Rücksitz und setzte sich vorne neben die Frau.

Eine Weile schwiegen sie, dann sah ihn die Fahrerin unvermittelt an. „Haben Sie den letzten Zug verpasst?“

Roland nickte. „Wir hatten Verspätung“, antwortete er.

„Vielleicht bekommen Sie die Taxifahrt ja ersetzt. Ich gebe Ihnen zur Sicherheit eine Quittung.“

„Mhm“, murmelte Roland und dachte ärgerlich: *Ob die Bahn auch Schmerzensgeld für den Ärger mit frustrierten Ehepartnern bezahlt?*

Die Chauffeurin schob eine Kassette in den Recorder, die Stimme Bob Dylans erklang. „Ich hoffe, Sie mögen diese Musik?“

Roland nickte. Dann schloss er die Augen und schlief müde ein.

Fünfundzwanzig Minuten später stoppten sie vor seinem Haus. Im Wohnzimmer brannte noch Licht, Angelika war also wach. Roland bezahlte, schloss die Haustür auf, stellte sein Gepäck in der Diele ab und zog den Mantel aus. Die Tür zum Wohnzimmer stand wie immer einen spaltbreit offen, damit sein Kater Rasputin rein und raus konnte.

Roland wollte die Tür gerade ganz aufdrücken, als er Angelikas Stimme hörte. Telefonierte sie noch immer, oder hatte sie Besuch? Er zögerte nur einen Moment, hatte bestimmt nicht vorgehabt zu lauschen. Doch was er dann zu hören bekam, ließ ihn erstarren.

„Ach Lydia, er ist einfach wunderbar! Ich habe mich sofort Hals über Kopf in ihn verliebt! Er heißt Axel - doch ja, mir gefällt der Name, ich finde, er passt zu ihm.“

Angelika verliebt! Rolands Herzschlag setzte ein paar Takte aus, als er das hörte.

Durch den offenen Spalt sah Roland Angelika auf dem Sofa sitzen, das Telefon ans Ohr gedrückt. Sie kicherte. Wie erschlagen blickte er auf seine Hände, sie zitterten.

„Ja, lach nur über mich, aber ich habe wirklich mein Herz an ihn verloren! - Natürlich, du hast Recht." Angelika seufzte in den Hörer. „Roland wird langsam träge, aber ... wie bitte? - Nein, um Gottes Willen, mit ihm darüber sprechen, das ist unmöglich! Nein du, besser ich stelle ihn einfach vor vollendete Tatsachen!"

Roland schloss die Augen. Das war also das wahre Gesicht seiner Frau! Sie wollte ihm nicht mal eine Chance geben! Und er hatte ihr immer vertraut! O Angelika, wie kannst du nur ...

„Wie Axel aussieht? Nun, er ist schlank und muskulös, schwarzhaarig, hat bernsteinfarbene Augen und ..." Angelika brach ab und lachte amüsiert. Dann seufzte sie schon wieder und sagte: „Natürlich führe ich ihn dir sofort vor. Ich hole ihn morgen Nachmittag ab, und dann kommen wir gleich zu dir. Sagen wir gegen 15 Uhr?"

Ein Feuerzeug klickte auf, Angelika hatte sich eine Zigarette angezündet, blies den Rauch aus und bestätigte nun ihrer Freundin, die offensichtlich Bedenken hatte: „Sicher wird Roland Schwierigkeiten machen, das ist mir auch klar, aber letztlich wird er einsehen müssen, dass ich auch gewisse Rechte habe. Er ist ja ständig unterwegs, und ich sitze hier alleine herum und habe nichts als die blöde Büroarbeit und den Haushalt ... wie bitte?

Also hör mal, Lydia, jetzt geht aber deine Phantasie mit dir durch!"

Angelikas Lachen klang anzüglich. Sie sah dabei auf die Uhr, dann sagte sie: „Du, ich muss jetzt Schluss machen. Roland wird bestimmt gleich anrufen wollen, um gute Nacht zu sagen, und kommt dann wieder nicht durch. Aber wir sehen uns ja morgen - bis dann also!" Sie legte auf.

In Rolands Kopf surrte es wie in einem Bienenstock. Mit dem Rücken gegen die Wand gelehnt starrte er ins Leere. Aber plötzlich streckte er sich. Er musste jetzt handeln, mit seiner Frau reden. Sofort! Er betrat das Wohnzimmer und knallte die Tür hinter sich zu.

Angelika zuckte zusammen. Sie fuhr herum und war erleichtert, als sie Roland erkannte. „Du? Heute schon? Himmel, hab ich mich erschrocken!" Lächelnd kam sie zu ihm, legte ihre Arme um seinen Nacken und wollte ihn küssen. Doch er schob sie brüsk von sich, sein eiskalter Blick traf sie mitten ins Herz.

„Was ist los?" Verwirrt zog sie die Stirn in Falten. „Du bist blass! Bist du krank?"

„Nein, ich bin nicht krank!", fuhr er sie an. „Ich habe nur keine Lust, mich noch länger von dir zum Narren halten zu lassen!"

Sie riss den Mund auf. „Wie meinst du das bitte?“

„Wie ich das mein?“ Er lachte auf. „Du bist also 'rasend' verliebt! In diesen gutaussehenden, schwarzhaarigen, bernsteinäugigen Supermann Axel, der nicht so träge ist wie ich! Okay, das kann ja mal vorkommen - ich meine, nicht dass ich es schön finde, dass du mich betrügst, aber wenn man über so etwas redet, kann man vielleicht einen Weg zurück finden! Doch dass du mich eiskalt vor vollendete Tatsachen stellen willst, das ist ...“ Er brach ab und suchte nach einem Ausdruck, der seiner maßlosen Empörung gerecht werden konnte, „ ... das ist einfach ekelhaft!“

„Ja aber, Roland ...“, versuchte sie ihm ins Wort zu fallen, doch er ließ sie nicht ausrede.

„Du sagst, ich werde einsehen müssen, dass du ein Recht auf diesen Axel hast! Du begründest deine Lügenkomödie damit, dass du ...“

„Verdammt Roland!“ Angelika war nun ebenfalls wütend und fuchtelte mit beiden Händen durch die Luft. „Wenn du schon an der Tür lauschst“, begann sie, stockte dann aber und brach plötzlich lauthals in Lachen aus. Und dann lachte sie, bis ihr die Tränen über die Wangen kullerten.

Hasserfüllt starrte Roland sie an. Sie lachte ihn auch noch aus! Das war zu viel für ihn! Er ballte die Hände zu Fäusten und lief unvermittelt zur Tür. „Du wirst von meinem Anwalt hören!", rief er noch.

„Roland!" Angelika stürzte ihm nach. „So hör doch, Roland, Axel ist ein Hund!"

Wie angewurzelt blieb er stehen.

„Ein Spaniel", erklärte sie und wehrte sich nur mit Mühe gegen einen neuen Lachanfall. „Er ist zwei Jahre alt und an Katzen gewöhnt. Ich hatte ihn gestern probehalber hier. Er und dein geliebter Kater Rasputin vertragen sich prima. Und weil du doch Hunde nicht besonders magst und ... ich bin aber fest davon überzeugt, dass du dich an ihn gewöhnen und ihn gern haben wirst!" Sie presste die Lippen aufeinander, um nicht wieder loszulachen.

Noch immer stand Roland in der Tür und sah sie begriffsstutzig an. „Axel ... ein Hund ...?" wiederholte er ungläubig.

„Ja", bestätigte Angelika mit bierernster Miene. „Schwarzhaarig, mit bernsteinfarbenen Augen und einfach zum Anbeißen süß!"

Der Schlüssel zu deinem Herzen

Sibylle hatte ihre Tochter zwei Wochen nicht mehr gesehen. Jetzt trafen sie sich in Berlin vor dem KDW, und wie es schien, hatte Katharina Neuigkeiten zu erzählen. Mit ausgebreiteten Armen fiel sie ihr lachend um den Hals.

„Na, du strahlst ja bis über beide Ohren!" Sibylle küsste sie rechts und links auf die Wangen. „Dafür kann es eigentlich nur einen Grund geben, du musst verliebt sein!"

„Ja, das bin ich", gab Katharina zu, „sehr, sehr, sehr verliebt und wahnsinnig glücklich!"

„Und wie heißt er, dein Märchenprinz?", fragte Sibylle.

„Toni", antwortete Katharina, schränkte dann aber gleich ein: „Nein, eigentlich Anton, aber sie nennen ihn alle Toni. Und er ist einfach super-wahnsinnig-irrelieb!"

Sibylle lachte. „Na, das musst du mir aber genauer erklären! Hast Du Lust auf einen Cappuccino?"

„Klar, auch auf zwei, wenn du bezahlst!" Die beiden Frauen lächelten, denn das war ein Spruch, den Katharina als Teenager so gerne losgelassen hatte.

Inzwischen war Katharina dreiundzwanzig und zu Hause ausgezogen. Sie studierte Politikwissenschaften. Staubtrocken, wie Sibylle fand, aber Katharina war da anderer Meinung. Schon als fünfzehnjährige hatte sie gesagt: „Ich will mal Bundeskanzlerin werden, denn nur so kann ich was verändern auf der Welt!"

Und jetzt gab es also Toni sprich Anton, und das Projekt Bundeskanzlerin war wohl zuerst einmal in den Hintergrund getreten.

'Anton!' dacht Sibylle, während sie hinter Katharina die Cafébar betrat und schmunzelte still in sich hinein. Auch in ihrem Leben hatte es mal einen Anton gegeben! Ihre erste große und nie vergessene Liebe. Aber das wusste Katharina nicht, darüber hatte sie nie mit ihrer Tochter gesprochen.

Damals war Sibylle neunzehn gewesen. Sie hatte ihr Abitur in der Tasche gehabt und wollte nach Köln ziehen, um an der Sprachenschule zu studieren. Spanisch, Russisch und Japanisch, denn sie war sicher, mit diesen Sprachen ausgerüstet, einen guten Job in der Wirtschaft bekommen zu können. Anton war vier Jahre älter als sie und wollte mit ihr kommen. „Wir werden in Köln ein eigenes Leben anfangen, und nur noch tun, was wir selbst für richtig halten!", hatte er gesagt. Und Sibylle hatte fest an eine Zukunft mit ihm geglaubt. Sogar einen

Job bei einem Auktionshaus hatte er schon in Aussicht gehabt. Doch dann, als es so weit war, hatte er einen Rückzieher gemacht.

Noch heute sah sie ihn vor sich, wie er am Bahnhof mit Blumen vor ihr stand. Wie ein begossener Pudel. Die hängenden Schultern, der gesenkte Blick, die traurigen Augen, die sie nicht ansehen wollten.

„Ich kann meine Eltern nicht alleine lassen“, flehte er sie um Verständnis an. „Mein Vater braucht mich in der Schreinerei, und meine Mutter mit ihrem kranken Herzen ... die würde das niemals verkraften. Bitte, verzeih mir. Und glaube mir, ich liebe nur dich!“

„Aber du liebst mich nicht genug, um zu mir zu stehen und das Versprechen einzulösen, das du mir gegeben hast!“, hatte sie ihn enttäuscht und voller Schmerz angeschrien, ihm die Blumen vor die Füße geworfen und war in den Zug gesprungen.

Ein halbes Jahr später starb ihre Mutter bei einem Verkehrsunfall. Sie beerdigte sie, verkaufte das Haus und kam nie mehr in das Dorf zurück, in dem sie groß geworden war. Auch Anton hatte sie nie wieder gesehen. Nur einmal hatte ihr eine ehemalige Schulfreundin geschrieben, dass er nun mit ihrer Schwester verheiratet sei und die beiden ein Kind erwarteten.

Ein paar Monate nachdem sie die Mutter beerdigt hatte, zog Sibylle von Köln nach Berlin und später, als sie heiratete, mit ihrem Mann nach Brandenburg. Ihre 'Vergangenheit' war damit abgeschlossen - aber wirklich vergessen konnte sie Anton nie.

Katharina steuerte auf einen freien Tisch am Fenster zu, hing ihre Jacke über die Stuhllehne, setzte sich und gab dem Ober ein Zeichen. „Zwei Cappuccino, bitte!" Dann sah sie Sibylle an und erzählte: „Ich habe Toni im Bundestag kennen gelernt!"

„Ach!" Sibylle schmunzelte. „Ist er etwa Abgeordneter?"

„Nein, natürlich nicht. Er studiert Rechtswissenschaften. Er war dort, weil er sich für die Plenarsitzung interessierte. So wie ich. Wir saßen nebeneinander. Dann kamen wir ins Gespräch und nach der Sitzung gingen wir Kaffee trinken."

„Oder auch zwei, sofern er bezahlte", witzelte Sibylle.

„Es waren sogar drei, und bezahlt hat er auch! Und dann hatte ich Herzklopfen!"

„Klar, bei so viel Kaffee!"

Die beiden lachten.

„Ach, Mama, du wirst mich verstehen, wenn du ihn erst
einmal kennen gelernt hast! Er ist so klug und weiß so
viel! Und er kann so verständnisvoll und zärtlich sein!
Und er sieht aus wie Brad Pitt, nur noch viel besser! Und
hier ...“, sie legte ihren Zeigefinger auf ihren linken Kie-
ferknochen, „genau an dieser Stelle hat er ein kleines
herzförmiges Muttermal.“

„Nein, nicht möglich ...!“ Sibylle sah Katharina verblüfft an. „Wirklich? Genau hier?“

Katharina, die das Erstaunen ihrer Mutter für ironisches
Geplänkel hielt, puffte sie liebevoll gegen den Arm.
„Mach dich doch nicht lustig über mich!“

„Tu ich überhaupt nicht. Wo kommt er denn her, dein
Toni?“

„Aus Lengerich. Das ist in der Nähe von Osnabrück.
Sein Vater hat eine eigene Schreinerei.“

„Ach“, sagte Sibylle, dann versank sie in nachdenkli-
ches Schweigen.

Katharina rüttelte sie. „Hey, du - wo bist du denn plötzlich mit deinen Gedanken?“

„In Lengerich“, sagte Sibylle abwesend. Und dann:
„Frag ihn doch mal, wie sein Vater heißt.“

„Brauch ich nicht zu fragen, weiß ich doch - Anton, heißt er, wie sein Sohn. Anton Karthorst.“

„Anton Karthorst ...“ wiederholte Sibylle und sah ihre Tochter ungläubig an.

„Also, jetzt benimmst du dich aber ziemlich seltsam! Warum willst du das denn überhaupt so genau wissen?“

„Weil ...“ Sibylle stockte. „Ich kenne ihn.“

„Du?“ Katharina starrte sie an. Dabei gingen ihr tausend Gedanken durch den Kopf. Dass ihre Mutter in der Nähe von Osnabrück geboren und aufgewachsen war. Dass es da ein Foto in einer Schublade gab, zerrissen und wieder zusammengeklebt, auf dem sie als junges Mädchen neben einem Mann an einem Motorrad lehnte. Lachend und glücklich alle beide! Und wenn Katharina sich recht erinnerte, dann sah dieser Mann ihrem Anton sogar ziemlich ähnlich!

„Heißt das etwa ... du bist diese Frau, die Tonis Vater nie vergessen konnte?“, fragte sie endlich.

Sibylle zuckte die Schultern und versuchte sich an einem Lächeln. „Gab es denn so eine Frau für ihn?“

„Und ob! Als seine Mutter starb, war Toni erst sieben Jahre alt. Danach hat sein Vater nie wieder geheiratet, und seine Oma hat immer gesagt: 'Das ist, weil er tief drinnen immer noch die Bille liebt!' Und als Toni erwachsen war und seine Oma einmal fragte, wer diese Bille denn eigentlich sei, hat sie gesagt: 'Sie war die Jugendliebe deines Vaters und hat, als sie von hier fortging, den Schlüssel zu seinem Herzen mitgenommen."

Sibylle hatte mit Tränen in den Augen zugehört. „Ja", sagte sie dann, „diese Bille, das war ich. So hat Anton mich immer genannt. Und auch ich habe ihn nie vergessen können."

Katharina griff nach der Hand ihrer Mutter, dann saßen sie noch lange schweigend da, und Sibylle weinte sogar ein bisschen.

*

Katharina hatte ihre Altbauwohnung neu gestrichen, vom Vermieter eine neue Küche bekommen und sich von ihrem Geburtstagsgeld ein blau-weiß-gemusterte Geschirr geleistet. Und jetzt war sie am Telefon und sagte zu ihrer Mutter: „So langsam wird es gemütlich bei mir! Du musst mich besuchen kommen und bestaunen, wie schön ich es habe. Wie wär's am Sonntag, 12 Uhr? Ich koche für uns! So richtig mit Braten und frischem Gemüse. Hab' nämlich einen Kochkurs gemacht."

„Aber doch bestimmt nicht extra, um mich bewirten zu können?“ fragte Sibylle und lachte, als Katharina antwortete: „Doch, ganz alleine nur deswegen!“

Sibylle bewunderte Katharinas Wohnung und vor allem den gedeckten Tisch. Er war wirklich wunderschön! Das neue blau-weiße Geschirr, dazu gelbe Narzissen, gelbe Servietten und gelbe Seidenschleifen ums Besteck drapiert.

„Aber wieso eigentlich vier Gedecke?“, fragte sie erstaunt. „Wer kommt denn noch - etwa dein Toni? Aber das hättest du mir sagen sollen, da hätte ich doch ...“

Im selben Moment klingelte es, und Katharina lief hinaus um zu öffnen. Sibylle hörte leise Stimmen im Flur, dann ging plötzlich die Tür auf, ein Mann kam ins Wohnzimmer, und hinter ihm wurde die Tür genauso schnell wieder zugezogen.

Eine Weilen starrten Sibylle und der Mann sich an, dann sagten sie beide wie aus einem Mund: „Du!“

Anton gewann als erster die Fassung wieder. „Ist es möglich, du bist es ja wirklich! Bille! Wie kommst du denn hier her? Ich meine, ich verstehe das nicht ... wieso kennst du Katharina und meinen Sohn?“

„Sie haben es dir also nicht erzählt?" Sibylle sah ihn amüsiert an. „Und jetzt stehen sie bestimmt draußen vor der Tür, gucken durchs Schlüsselloch und lachen sich wie zwei Spitzbuben ins Fäustchen! Ich kenne Katharina, weil ich ihre Mutter bin."

„Du bist ..." Anton brach ab. „Da habe ich dich viele Jahre lang vergeblich gesucht, und dann zieht mein Sohn einfach so los und läuft deiner Tochter über den Weg."

„Im Bundestag, bei einer Plenarsitzung!"

„Da sag man noch mal einer, die Politik sei zu nichts nütze!"

Sie lachten, und Anton schüttelte immer noch fassungslos den Kopf. Und dann nahm er Sibylle an den Händen und zog sie sanft in seine Arme. „Es ist so lange her und doch so, als ob es erst gestern gewesen wäre. Aber wenn du jetzt Lautmann heißt und eine Tochter hast ... bist du etwa ..." Er brach ab, so als ob er Angst vor ihrer Antwort hätte.

„Du meinst, verheiratet?" Sie schüttelte den Kopf. „Schon sehr, sehr lange nicht mehr. Katharinas Vater und ich haben uns in aller Güte getrennt, als Katharina drei Jahre alt war. Ich glaube, ich habe ihn damals überhaupt nur geheiratet, um dich endlich zu vergessen."

„Und ist es dir gelungen?“

Sie lächelte, dachte an die Worte seiner Mutter. „Nein, es ist mir nicht gelungen. Ich bin weggegangen, aber den Schlüssel zu meinem Herzen, den hatte ich bei dir gelassen ...“

Verrückt nach Hannes

Klara sah Mona mit Leidensmiene an. „Die Chance, dass eine Frau über vierzig noch einen Mann abbekommt, ist um ein Vielfaches geringer, als die Wahrscheinlichkeit, dass ihr ein Flugzeug auf den Kopf fällt", sagte sie.

Klara hasste das. „Du mit deiner Weltuntergangsstimmung! Bloß weil das immer mehr von euch Frustis behaupten, wird es auch nicht wahrer!", fauchte sie.

Beleidigt griff sich Mona die Unterschriftenmappe und stakste damit Richtung Chefzimmer davon. Klara sah ihr seufzend nach. Auch wenn sie ihre Kollegin gerade so angemosert hatte, insgeheim gab sie ihr doch Recht. In ihrem Alter - in zwei Wochen wurde sie 60 - noch einen Mann zu finden, der das Prädikat wertvoll verdiente, war ziemlich aussichtslos.

Sie griff sich einen Apfel und biss geräuschvoll hinein. Während sie kaute, ließ sie die männlichen Singles aus ihrem Bekanntenkreis Revue passieren. Da war Robert. Er hatte ein Fabel für schnelle Autos. Sein Ferrari verschlang Zweidrittel seines Gehaltes. Dafür hatte er keine Ahnung, wie man eine Krawatte band, und er wohnte im

Mühlenviertel, in einem von den schrecklich herunter-gekommenen Plattenbauten.

Oder Johann, der Bruder einer ihrer Freundinnen. Der kratzte sich ständig zwischen den Beinen und sprach so platt, dass sie ein Übersetzungsprogramm mitlaufen las-sen musste, wenn sie ihn verstehen wollte.

Und Hannes, ihr Nachbar - mein Gott, wenn sie an Han-nes dachte, fiel ihr absolut nichts ein, nicht einmal etwas Negatives! So langweilig fand sie ihn! Er sah weder gut noch schlecht aus, war weder klug noch intelligent, we-der Macho noch Softie. Er war einfach so Butter wie Käse. Dafür schien ihm das Herz schon in die Hosen zu rutschen, wenn er sie nur sah. Dann wurde sein Blick jedes Mal glasig, und er fing an, sich fortwährend zu räuspern. Was sollte eine Frau mit so einem Mann? Be-wundert werden war ja gut, aber wenn sonst nichts los war mit ihm ...!

Klara seufzte und sah auf die Uhr. Fünf vor fünf. Feier-abend! Sie fing an, ihre Sachen zusammenzupacken.

Mona kam aus dem Chefbüro zurück. „Wenn du Lust auf einen Drink hast, ich hätte Zeit. Wir könnten ins Me-xiko gehen, das ist eine neue Kneipe am Anger.“

Klara dachte nach. „Okay, warum nicht", sagte sie. Ob sie sich nun zu Hause alleine oder in dieser neuen Kneipe mit Mona langweilte, war schließlich egal.

Sie fanden draußen einen Platz und bestellten Saftschorle. Mona hatte sich eine Frauenzeitschrift gekauft und blätterte darin. Klara ließ ihre Blicke schweifen. Da entdeckte sie auf der anderen Straßenseite Hannes. Eben jenen Hannes, über den sie im Büro noch nachgedacht hatte. Den Langweiler! So Butter wie Käse!

Er stand neben einem blauen Beatle - vermutlich sein eigener, denn er fuhr so einen. Die Beifahrertür war geöffnet. Heraus ragte das Untenherum einer Frau, die sich hineingebeugt hatte und irgendwas im Wageninneren zu suchen schien. Alles was man von ihr sah, waren ihre endlos lange, unverschämt schönen Beine und ein reizender Hintern, das musste sogar Klara zugeben. Er war von einem Minirock bedeckt, der allerdings so kurz war, dass man ihn kaum noch als solchen bezeichnen konnte.

Hannes betrachtete das, was da aus seinem Wagen ragte, eher mit Unbehagen. Nervös trat er von einem Bein aufs andere, hob schließlich seine Hand und griff in Richtung des entblößten Popos. Jedoch nicht mit lüsterner Absicht, sondern ganz im Gegenteil: Er sah sich noch mal verlegen um, ob ihn auch wirklich niemand beobachtete, dann zog er hastig an dem Streifen Stoff. Es war ein verzweifelter und ziemlich hoffnungsloser Versuch, den entblößten, hauchdünnen Slip der Dame wenigstens halbwegs zu bedecken.

Klara musste lachen. Da sah auch Mona von ihrer Zeitschrift auf. „Was ist denn so lustig?" fragte sie neugierig.

„Na, dort - die beiden!"

Mona folgte Klaras Blick, aber im selben Moment fuhr ein Stadtbus heran und stoppte an der Ampel. Und als er weiterfuhr und der Blick auf Hannes und diese Frau wieder frei war, saßen sie bereits im Auto und reihten sich in den Verkehr ein.

Klara versuchte das Gesicht der Schönen zu erkennen, aber hinter der Scheibe war nichts zu sehen, als ein dunkler Wuschelkopf.

Als sie nach Hause kam, stand auch der Beatle vor der Tür. Sie grinste, weil ihr die Szene von vorhin wieder einfiel. Fast automatisch ging ihr Blick nach oben, zu Hannes' Balkon. Und da war sie auch wieder, die Schöne mit den endlos langen, kaum berockten Beinen. Sie lehnte mit dem Rücken am Geländer und las in einer Zeitschrift.

Von da an verfolgte Klara der Gedanke an Hannes und diese Frau. Sogar in der Nacht lag sie wach und wälzte sich schlaflos hin und her. Was fand die Schöne wohl an ihm? War es das alte Lied von den stillen Wassern, die tief gründen? Hannes, der heimliche Lüstling? Verlegen, aber leidenschaftlich! Ein wenig verstockt, aber beseelt in der Liebe und voller Phantasie? Vielleicht hatte sie ihm ja Unrecht getan? Vielleicht hätte sie ihn und sein Werben doch ernst nehmen sollen ...

Als sie morgens - noch im Schlafanzug, mit einer Tasse Kaffee in der Hand - auf den Balkon trat, kamen Hannes und die Fremde gerade aus dem Haus. In der rechten Hand trug er eine Reisetasche, die vermutlich ihr gehörte. Links hing sie an seinem Arm wie eine Klette und redete unablässig auf ihn ein. Er brachte sie zur Bushaltestelle hinüber, setzte die Reisetasche ab, küsste sie flüchtig und wollte gehen. Doch da sprang sie ihm in den Weg, fiel ihm in einem Anflug von Verzweiflung um den Hals und hielt ihn fest.

„Mein Gott, sie muss verrückt nach Hannes sein!", flüsterte Klara, während sie mit angehaltenem Atem zusah, wie er ihre Hände von seinem Nacken löste und dann mit langen Schritten Richtung Parkplatz davoneilte.

*

Am Freitagnachmittag traf sie ihn im Hausflur bei den Briefkästen. „Hallo!" sagte sie, in Erinnerung an sein Techtelmechtel mit der Langbeinigen ein etwas süffisantes Schmunzeln auf den Lippen.

„Hallo", antwortete er, und sofort ging die Sonne in seinem Gesicht auf.

„Schon das neue Rundschreiben von der Hausverwaltung bekommen?"

Er nickte. „Keine Haustiere mehr erlaubt!"

„Nicht mal mehr ein Vogel", sagte Karla.

Er grinste. „Als ob nicht jeder von uns einen hätte und die sich wohl kaum aussperren ließen!"

„Eben." Sie lachte.

Inzwischen waren sie bei ihren Wohnungstüren angelangt. Seine rechts, ihre links, beide im ersten Stock.

„Bald verbieten sie dir auch noch Damenbesuche!", sagte Klara und grinste wieder. Sie schob den Schlüssel ins Schloss, ließ die Tür aufspringen.

„Na ja ... „ er räusperte sich. Dann lachte er. „Die können mich mal! Ich lass' mir weder meinen Vogel verbieten, noch sonst eine Macke."

„Ach - Macke nennt man das jetzt?" Klara warf ihm einen vieldeutigen Blick zu. Dann zog sie - ein sehr, sehr breites Grinsen auf dem Gesicht - die Tür hinter sich zu."

Zwei Stunden später klingelte es. Vor der Tür stand Hannes. Er hielt eine Flasche Champagner hoch. Nein, kein Sekt, es war wirklich Champagner! Und in der anderen Hand hielt er eine knallgelbe Rose aus einer Serviette gedreht. „In Ermanglung einer echten." Er reichte sie ihr und verbeugte sich dabei nach Gentleman-Art.

Oha, dachte Klara bei sich und bat ihn herein. *Jetzt hatte er sie doch neugierig gemacht.*

„Du hast vorhin so nett gelächelt", sagte er.

„Da hast du all deinen Mut zusammen genommen?"

Er seufzte. „War ganz schön viel von nötig, um mich in die Höhle der Löwin zu wagen!"

„Ach Gottchen ...!" Sie verdrehte die Augen. „Ich hatte die letzten Tage das Gefühl, dass Du gar nicht so harmlos bist, wie du immer tust!"

Er sah sie verdutzt an. „Wie meinst du das?"

„Na ja, will ja nichts gesagt haben. Sonst kriegen wir am Ende von der Hausverwaltung noch einen Schrieb mit züchtigen Regeln. Dies ist schließlich ein anständiges Haus!" Sie kicherte, stellte zwei Sektkelche auf den Tisch und sah zu, wie Hannes den Korken knallen ließ.

„Trinken wir auf die Liebe", schlug er vor und stieß mit ihr an.

„Trinken wir auf die Liebe!"

Während sich Klara an dem prickelnden Nass labte, sah sie Hannes über den Rand ihres Glases hinweg an. So langweilig kam er ihr auf einmal gar nicht mehr vor! Vor allem das kleine Muttermal am linken Mundwinkel gab ihrer Phantasie die Sporen. Und wenn er so nett lächelte wie jetzt, dann blitzten seine Augen, und sie bekam eine Ahnung vom Feuer seiner Leidenschaft.

Sie lächelte.

Er lächelte ebenfalls und schob sich eine Haarsträhne aus der Stirn.

„Ich mag es, wie du gehst", sagte er. „Mit festen, langen Schritten. So, als hättest du immer ein Ziel vor Augen."

„Ich habe immer ein Ziel vor Augen."

„Und dazu der Klang deiner Absätze!"

Sie sahen sich lange und schweigend an.

„Darf ich?" Hannes hielt die Flasche hoch, und als Klara nickte, goss er nach.

„Und du erinnerst mich an meine erste große Liebe", sagte sie plötzlich.

„Oje - ist das nun gut oder schlecht für mich?"

Klara zuckte die Schultern. „Weiß noch nicht. Ist ja auch schon eine ganze Ewigkeit her."

„Woran ist die Liebe denn zerbrochen?"

Sie dachte lange nach. „Ich glaube, ich war noch nicht reif für ihn. Er war ... treu, ehrlich, sehr ernsthaft. Er hatte Pläne für sein Leben gemacht, hatte hochgesteckte Ziele. Er hasste es, wenn die Leute nicht nachdachten. Und er war aktiver Tierschützer. Ich selbst wollte lieber Tanzen gehen, lachen, fröhlich sein. Nicht immer Stellung nehmen müssen."

„Und heute?"

„Ist das anders. Nicht dass ich nicht mehr fröhlich sein und lachen möchte, aber ..."

Sie brach ab, denn unmerklich war sein Gesicht näher gekommen - oder war sie es gewesen, die sich ihm zugeneigt hatte? Plötzlich sah sie ihm direkt in die Augen und fühlte seinen heißen Atem an ihrer Wange. Sie hatte gute Lust, einfach zuzuküssen, doch dann dachte sie plötzlich an die Schöne, und der Zauber war verflogen.

„Aber?“, hakte er nach.

„Aber inzwischen ist es nicht mehr so anstrengend, Stellung nehmen zu müssen. Schließlich hat man seine Meinung ja schon und glaubt, es sei die einzig richtige. Plötzlich ist es viel anstrengender, einmal keine Meinung zu haben.“

Hannes grinste, und es kam ihr vor, als ob er sie ein ganz klein wenig auslachte. „Ja, wir sind festgefahren“, gab er zu. „Mal mehr, mal weniger. Aber meistens mehr. Und es kleben uns eine ganze Menge Vorurteile an den Fersen.“

Er goss noch mal nach. Sie prosteten sich zu und tranken, sahen sich dann wieder in die Augen.

Da nahm Hannes Karla das Glas plötzlich aus der Hand, stellte es ab, zog sie in seine Arme und küsste sie mit so viel zärtlicher Hingabe, dass ein leises Seufzen über ihre Lippen kam. Auf einmal war jegliches Wenn und Aber wie vom Tisch gefegt. Nur einmal noch meldete sich der Hauch eines Zweifels, und Karla fragte zwischen zwei Küssen: „Aber was ist mit der Schönen, die gestern bei dir war? Ist sie denn schon wieder vergessen?“

„Schöne? Gestern? „ Er hauchte Klara einen Kuss in ihre Halsbeuge. Dann schien er sich plötzlich zu erinnern. „Ach so, du meinst wohl Aline, meine Tochter."

„Deine was?!"

„Sie ist fünfundzwanzig Jahre alt und lebt in Düsseldorf. Nie kommt sie mit ihren Finanzen klar, will ständig, dass ich ihr aus der Patsche helfe. Aber weißt du, irgendwann muss Schluss sein und muss sie ihre Probleme selbst lösen."

„Ach", sagte Klara. Für einen Moment war sie versucht laut loszulachen. Aber sie konnte sich gerade noch beherrschen, meinte dann trocken: „Sowas von einer hübschen Tochter hätte ich dir gar nicht zugetraut."

Er neigte den Kopf zur Seite und sah sie aus zusammengezwickten Augen forschend an. „Du hast doch nicht etwa gedacht, sie sei meine Geliebte?"

„Nööö, natürlich nicht!", schwindelte Klara. Und dann hörte sie auf, über irgendwelche Frauen nachzudenken, seien sie nun fünfzehn, fünfundzwanzig oder fünfzig, und gab sich einfach nur Hannes' himmlischen Küssen hin.

Weiße Weihnacht

Letztes Jahr bekam Wolfi von seiner Oma zu Weihnachten ein reizendes Bilderbuch mit einer reizenden Weihnachtsgeschichte geschenkt, und natürlich war das, was in dem Bilderbuch stattfand, ein wahres Bilderbuchweihnachten! Die grünen Tannen im Bilderbuchvorgarten weiß bedeckt, jeder Zaunpfahl, jeder Gartenzwerg, jedes Vogelhäuschen mit einer weißen Mütze auf. Auch der Schneemann mit Kohlenaugen und Möhrennase fehlte nicht, und über der guten Mutter Erde lag ein makelloses, weißes Schneelaken ausgebreitet. Dazu die Lichtlein am Weihnachtsbaum, eine strahlende Mami und selbst das ersehnte Hündchen mit Schleifchen um den Hals als Geschenk vom lieben Christkind hatte der Zeichner nicht vergessen.

Die Wirklichkeit sah leider anders aus.

Wolfi war nun fünf Jahre alt und hatte noch nie, niemals!!! in seinem Leben ein Weihnachten erlebt, an dem alle Zaunpfähle, alle Tannenbäume und alle Vogelhäuschen ein weißes Mützchen aufhatten und im Vorgarten ein richtiger Schneemann grinste, während drinnen die Lichter brannten und das Christkindlein Geschenke brachte. Dabei stand es so doch nicht nur in seinem Bilderbuch, nein auch im Radio trällerten fröhliche Kinderstimmen Lieder von 'weißer Weihnacht' und dem Schlitten des Weihnachtsmannes, der Glöckchen klingelnd durch die Gegend sauste. Und in den Filmen im Fernsehen war es an Weihnachten ebenfalls weiß, und sogar die Erzieherin im Kindergarten erzählte solchen Quatsch! Dabei stimmte all das nicht - Wolfi fühlte sich von den Erwachsenen hintergangen, belogen und betrogen!

Und das teilte er seiner Oma nun auch mit, und nahm sich dabei kein Blatt vor den Mund. Sie hatte ihm das blöde Bilderbuch schließlich geschenkt! Von wegen weiße Mützchen überall und einen grinsenden Schneemann im Vorgarten! Jetzt war der 23. Dezember schon fast vorbei, und weit und breit war noch keine einzige Schneeflocke zu sehen! Im Gegenteil - beim Nachbarn scharrten die weißgesprenkelten Zwerghühner im grünen Gras, als stünde Ostern vor der Tür!

Oma war verzweifelt. Da hatte sie nun ganz ohne bösen Willen dazu beigetragen, dass das Kind zutiefst enttäuscht und frustriert war. Und - diese Tatsache traf sie ganz besonders schlimm! - sie hatte dem Kind einen Grund gegeben, sie eine gemeine Lügnerin zu nennen und sich dann mit Tränen in den Augen unter der Bettdecke zu vergraben.

Oma versuchte gutzumachen. Sie grub Wolfi wieder aus, nahm den sich Sträubenden mit sanfter Gewalt in die Arme und erzählte ihm aus ihrer Kindheit. Dass sie immer wieder einmal weiße Weihnachten erlebt hatte, aber zugegeben nicht jedes Jahr, und dass eben jetzt vieles anders ist, sogar Weihnachten! Und sie erzählte ihm von einem Ozonloch im Himmel und von Temperaturveränderungen und so weiter und so fort.

Wolfi begriff nicht viel, aber er begriff, dass doch noch Hoffnung war. Ein ganz klein bisschen Hoffnung auf Schneeflocken und weiße Mützchen an Zaunpfählen, während drinnen am Tannengezweig die Kerzen brannten und das Christkind mit seinem Glöckchen zur Bescherung läutete. Schließlich war bis dahin noch eine ganze Nacht und fast ein ganzer Tag Zeit, hatte Oma gesagt, und in einer ganzen Nacht und an einem ganzen Tag konnte viel geschehen - vielleicht sogar Wunder!

Diese Nacht stand Wolfi einige Male auf, ging zum Fenster und sah sehnsuchtsvoll hinaus. Seine Oma, die, wenn sie zu Besuch kam, ebenfalls in seinem Zimmer schlief, beobachtete ihn dabei mit wehem Herzen und seufzte still in sich hinein. Warum konnte der dort droben nicht wenigstens dieses eine Jahr ein ganz klein bisschen Schnee zu seinem Fest fallen lassen? Ein paar kleine Mützchen voll nur, und das weiße Laken auf den Feldern müsste ja gar nicht mal makellos sein! Hier und

da ein brauner Fleck, darüber würde wohl auch Wolfi
hinwegsehen können.

Morgens war es draußen so grün wie zur Sommerszeit.
Nur die bunten Blumen fehlten. Wolfi saß am Fenster
und starrte hinaus. Oma saß am Tisch und lockte Wolfi
mit Leckereien und der Aussicht auf eine Runde Hüt-
chen hüpfen, wobei sie ihn selbstverständlich hätte gewinnen lassen. Aber Wolfi wollte weder Plätzchen noch
Lebkuchen noch Zuckerstangen oder Liebesäpfel und
schon gleich gar nicht spielen - Wolfi wollte Schnee!!!

Um elf Uhr vormittags kam ein Kinderspielfilm im
Fernsehen, den Omi einschaltete, um ihren Enkelsohn
von seinem Kummer abzulenken. Doch Wolfi starrte
weiter aus dem Fenster, als könne er die Schneeflocken
herbeistarren, drehte sich gar nicht nach dem Flimmer-
kasten um. Erst als die Handlung zielgerichtet auf den
Heiligen Abend zutrabte und promot Schneemassen fie-
len, wurde Wolfi aufmerksam. Aber da schaltete Oma
den Kasten schnell wieder aus und meinte mit sich vor
Fröhlichkeit überschlagender Stimme: „Na, Wolfilein,
immer bloß im Zimmer hocken und fernsehen ... sollen
wir nicht lieber ein bisschen spazieren fahren? Zum Beispiel rüber zum Ponyhof?“

Ponyhof zog bei Wolfi immer. Bloß heute nicht! „Schnee!", rief er und ballte die Faust. „Ich will Schnee! Wo bleibt er denn, du hast ihn mir doch versprochen!"

Zu Mittag verweigerte Wolfi die Nahrungsaufnahme. Schweigend und mit Finstermiene starrte er zum Fenster hinaus. Auch seine Lieblingsplätzchen und Tee konnten ihn nicht locken, und nicht mal die Aussicht auf einen Haufen Geschenke sein fröhliches Kinderlachen erklingen lassen! Himmel noch mal! Omilein, die sonst die Ruhe in Person war, ballte die Hände zu Fäusten und erhob sie erzürnt gegen die Zimmerdecke.

Gegen 15 Uhr waren sie dann beide ganz schön sauer - Wolfi und Oma. „Ja verdammt und zugenäht!", platzte ihr nun endlich der Kragen, „was kann ich schließlich fürs Wetter! Und überhaupt, ich ...!"

Da fiel ihr Wolfi plötzlich aufgeregt ins Wort. „Omaaaaa! Omilein!!! Schau mal, Schnee!!!"

Oma schoss zum Fenster und starrte angestrengt hinaus. „Wo?"

„Na da!" Wolfis Hand deutete gen Himmel. Und tatsächlich, dort schwebten so sieben bis acht Schneeflocken herab. Vielleicht auch weniger. Aber immerhin!

Wolfi hatte plötzlich heißglühende Wangen und wieder Hoffnung, und Oma schickte ein Stoßgebet zu dem dort droben, dass ihn bitte, bitte die Lust nicht verlassen solle, seine allmächtige Güte und Liebe unter Beweis zu stellen und das angefangene Werk zu Ende zu führen.

So voller Hoffnung machten die beiden sich eine halbe Stunde später auf ins Badezimmer, um die Waschungen zu vollziehen, die nun mal nötig sind, bevor eine Rotznase wie Wolfi vom Christkind beschert wird. Und eine weitere halbe Stunde später standen sie dann geschniegelt und gebügelt am Fenster und ...

Sie hatten Freudentränen in den Augen. Ein junges und ein etwas älteres Herz waren voller Weihnachtsfreuden! Weiße Weihnacht und Mützchen auf den Zaunpfählen, soweit das Auge reichte! Wenn auch nur ganz kleine Mützchen und das Schneelaken nicht eben makellos - aber immerhin weiße Weihnacht!

Kleine Lügen, große Liebe

Rieke stellte die Torte auf den Tisch. „Selbst gebacken!", rief sie fröhlich. Doch als Astrid sie mit einem zurechtweisenden Blick ansah, senkte sie den Blick und nahm ihre Behauptung zurück. „War natürlich nur ein Späßchen. Die Torte ist vom Konditor."

Sie lud ihren Freundinnen ein Stück auf den Teller, wollte auch sich bedienen, doch in eben diesem Moment klingelte das Telefon.

„Ulrike Jansen, ja bitte?", meldete sie sich und erstarrte im nächsten Moment. „Du?!", rief sie aus. Mit ungläubigem Blick sah sie zu Astrid hinüber, die sie neugierig beobachtete. „Ja ... natürlich", sagte sie ins Telefon. „Klar könnt ihr kommen!" Sie sank auf den Stuhl neben der Konsole. „Gut, dann bis gleich." Langsam, wie in Zeitlupentempo, legte sie auf.

„Wer war das denn jetzt?", fragte Astrid.

„Ihr werdet es nicht glauben!" Rieke fasste sich an die Brust, als würde sie befürchten, dass ihr Herz herausspringt. „Ich glaub's ja selbst kaum. Es war Michael! Er ist zufällig in der Nähe und will mit seiner Verlobten vorbeikommen, um mir zum Geburtstag zu gratulieren."

„Michael?" Riekes Freundinnen waren mindestens so perplex wie Rieke selbst. Michael hatte vor sechs Jahren mit seiner Mutter gebrochen, weil sie ... Nun ja, eigentlich wusste niemand so genau weshalb. Rieke hatte immer ein Geheimnis daraus gemacht. Nur Astrid wusste es, doch das wussten die anderen nicht.

„In einer halben Stunde ist er da!" Plötzlich sprang Rieke auf, sah sich panisch um. „Ihr müsst gehen! Ich muss noch aufräumen und mich umziehen und ..."

Astrid fasste sie an der Hand. „Jetzt komm erst mal runter. Hier ist es aufgeräumt genug, und du bist auch schön genug. Wir essen unsere Torte, dann helfe ich dir, abzuspülen. Das schaffen wir locker in einer halben Stunde."

Rieke setzte sich wieder an den Tisch. „Ich wusste ja gar nicht, dass es nach seiner Scheidung wieder eine Frau an seiner Seite gibt! Er sagte, sie heißt Nora. Himmel ..." Plötzlich hätte sie Tränen in den Augen. „Sechs Jahre habe ich ihn nicht mehr gesehen, und dann kommt er gleich mit einer Verlobten!"

Als die anderen gegangen waren, spülte Astrid ab, und Rieke deckten neu auf. „Und ich muss mich wirklich nicht umziehen?", fragte sie skeptisch.

„Du siehst toll aus." Das meinte sie ernst. Ihre sechzig Jahre, die fast weißen Haare standen Rieke gut. Die blaue Hose und das weiße T-Shirt, das sie trug, waren genau richtig für den Anlass. Modern, sportlich, nicht zu aufgedonnert. Vor allem letzteres. Wenn Astrid sie jetzt alleine gelassen hätte, hätte sie sich vermutlich herausgeputzt wie ein Pfingstochse. Astrid nahm sie an den Schultern und schüttelte sie sanft. „Du musst mir versprechen, nicht wieder zu flunkern!“ Das war nämlich der Grund für das Zerwürfnis zwischen Mutter und Sohn – Rieke konnte lügen, dass sich die Balken bogen! Sie log, weil sie kein Selbstvertrauen hatte. Weil sie glaubte, niemand könne sie einfach nur um ihretwillen lieben.

„Klar, ich verspreche es. Mein Gott bin ich aufgeregt!“

Astrid nahm sie in die Arme und drückte sie. „Mach dir doch keinen Kopf. Bestimmt erwartet diese Nora nichts von dir. Sei einfach nur du selbst.“ Damit ging sie, obwohl sie viel lieber geblieben wäre. Unsichtbar, als Schutzengel, um Rieke vor sich selbst zu bewahren.

Vom Fenster aus sah Rieke, wie Michael und seine Verlobte ausstiegen. Sie nahmen einen Blumenstrauß von der Rückbank und küssten sich, dann gingen sie aufs Haus zu. Wie gut Michael aussah! Als sie ihn zum letzten Mal gesehen hatte, war er ganz dünn und mitgenommen von den Zerwürfnissen mit seiner Exfrau, die er viel zu früh geheiratet hatte. Und diese Nora ... sie strahlte so glücklich! So hübsch, so vierliebt - so ein schönes Paar!

Rieke ging öffnen. „Hallo, Mama", sagte Michael, wirkte dabei unsicher und verlegen. „Alles Liebe zum Geburtstag!" Er deutete auf seine Verlobte. „Und das ist Nora."

Rieke stand wie verloren in der Tür. Sie wusste nicht, was sie sagen, was sie tun sollte. Da streckten sich ihr plötzlich zwei Arme entgegen, und Nora zog sie an sich und küsste sie rechts und links auf die Wangen. „Auch von mir alles Gute! - Wie schön, dass ich Sie endlich kennen lernen darf!"

„Ja, schön." Rieke lächelte. Sie war dankbar, dass ihre zukünftige Schwiegertochter es ihr so leicht machte!

Rieke nahm von Michael die Blumen entgegen und führte die beiden ins Wohnzimmer. Als Nora den gedeckten Tisch sah, klopfte sie sich auf den Bauch. „Mmh, Nusstorte! Die mag ich ganz besonders gerne. Ist sie selbst gebacken?"

Rieke hatte schon ein Ja auf den Lippen, besann sich aber gerade noch. „Nein, vom Konditor. Ich ..." Sie sah Michael an, gestand: „Ich bin nicht so gut im Backen."

Nora lachte. „Ich auch nicht! Aber man muss ja nicht alles können."

Rieke brachte frischen Kaffee, goss ein, setzte sich und verteilte Kuchen. Still aß sie vor sich hin, sie wusste einfach nicht, was sie sagen sollte. Dass sie sich freute. Dass sie froh war, dass es ihrem Sohn so gut ging. Dass sie Nora sympathisch fand, und dass es ihr leid tat, dass sie sich so lange aus den Augen verloren hatten. All das trug sie im Herzen und auf den Lippen, aber sie brachte vor lauter Aufregung kein Wort heraus.

Michael schien es ähnlich zu ergehen. Stumm beobachtete er jeden Handgriff seiner Mutter, stocherte dann in seinem Kuchen herum und sagte plötzlich: „Wir heiraten in vier Wochen.“

Die Gabel mit der Torte blieb vor Riekes Mund hängen. „In vier Wochen schon?“, fragte sie.

„Ja, und wir wollten Sie einladen.“ Nora legte ihre Hand auf Riekes Arm. „Wir würden uns sehr freuen, wenn Sie kommen könnten!“

„Ich ... ja, also ...“ Die Worte blieben ihr im Hals stecken.

Sie sprang plötzlich auf und lief in die Küche. Das alles war zu viel für sie. Michael zurück. Sie würde eine neue Schwiegertochter und vielleicht endlich auch Enkel bekommen. Und sie hatten sie tatsächlich zur Hochzeit eingeladen! Sie konnte nicht anders, sie musste weinen. Schluchzend hielt sie sich die Hände vors Gesicht.

Auf einmal stand Nora neben ihr. „Haben wir Sie gekränkt?", fragte sie.

„Aber nein." Rieke schüttelte den Kopf. „Nein, nein, ich freue mich nur so! Und natürlich komme ich zu eurer Hochzeit. Sehr, sehr gerne sogar."

Zusammen gingen sie ins Wohnzimmer zurück. Michael sah verlegen von Nora zu seiner Mutter, dann wieder zu Nora.

„Ich freu mich für euch, und ich werde gerne kommen", sagte Rieke zu ihm, um einen fröhlichen, unverfänglichen Ton bemüht. „Aber jetzt müsst ihr mir erzählen, wie es euch geht und was ihr so treibt!"

Endlich öffnete sich auch Michael ein wenig. „Ich habe dann doch noch meinen Master gemacht", sagte er. „Dafür ging ich ein Jahr nach Bangkok. Danach ein Praktika bei der Lufthansa, und schließlich wurde ich von Audi unter 700 Bewerben fürs Trainee-Programm ausgewählt und als Junior Produkt Manager übernommen. In der Firma habe ich auch Nora kennengelernt. Sie ist ebenfalls im Management tätig."

„Wir haben uns Hals über Kopf verliebt und sind schon nach einem halben Jahr zusammengezogen“, übernahm Nora. „Das ist jetzt zwei Jahre her, und nun dachten wir, es ist der perfekte Augenblick, eine Familie zu gründen.“

„Ein Haus haben wir auch schon gefunden. Dienstag waren wir beim Notar“, erzählte Michael. Er küsste Nora auf die Wange und drückte sie zärtlich an sich.

„Wie schön, ich freue mich für euch.“ Rieke meinte es ernst. Sie war nicht neidisch auf das Glück anderer. Das war nicht ihr Problem. Doch sie kam sich plötzlich wieder so klein und nichtig vor. Was hatte sie ihrer klugen und erfolgreichen Schwiegertochter schon zu bieten? Sie war Witwe seit sieben Jahren. Sie lebte von einer kleinen Rente, kümmerte sich ein wenig um ihre achtzigjährige Nachbarin, ging einmal im Monat mit ihren Freundinnen zum Bowlen und zweimal die Woche zum Schwimmen. Das war ihr Leben. Und dabei konnte sie noch nicht einmal ihre Geburtstagstorte selbst backen!

Rieke stand auf, um das Geschirr hinauszutragen. Als Nora helfen wollte, wehrte sie ab. „Bleib nur sitzen! Ich sag jetzt einfach mal Du. Und du kannst mich gerne Mama oder auch Rieke nennen. Darfst es dir aussuchen.“ Damit ging sie.

Als Rieke aus der Küche zurückkam, nahm sie die weiße Tischdecke vom Tisch und legte die gequilte auf. Astrid hatte sie selbst genäht und sie ihr zum Geburtstag geschenkt.

Nora betrachtete das bunte Kunstwerk, fuhr mit der Hand darüber, sagte voller Ehrfurcht: „Wie hübsch die ist! Meine Omi hat das auch gekonnt. Sie hat von allen möglichen Leuten die alten Herrenhemden gesammelt, sie nach ihren Schablonen in kleine Quadrate oder Streifen zerschnitten und dann in hübschen bunten Mustern wieder zusammengenäht. Wahre Kunstwerke sind daraus erstanden. Ich habe meine Omi sehr dafür bewundert und hätte gerne so eine Decke gehabt. Doch bis ich alt genug für so ein Geschenk gewesen wäre, war Omi gestorben."

„Aber diese Decke hat Mama nicht selbst genäht!", sagte Michael im Brustton der Überzeugung.

„Nein?" Nora sah Rieke fragend an.

„Natürlich habe ich sie selbst genäht!", kam es wie aus der Pistole geschossen.

Michaels Blick sprach Bände. Rieke wusste genau, was er jetzt dachte: Nie und nimmer kann sie so etwas! Und dass er auch noch Recht hatte, ärgerte sie ganz besonders. „Was glaubst du – dass ich gar nichts kann?“, erwiderte sie gekränkt.

„Aber nein, das glaubt er nicht“, versuchte Nora ihre zukünftige Schwiegermutter zu beschwichtigen. Sie umarmte sie, und dann sagte sie: „Über eine Quiltdecke als Hochzeitsgeschenk würde ich mich sehr freuen! Eine die groß genug ist, dass Michael und ich uns vorm Fernseher darunter zusammenkuscheln können. Dann würden wir jeden Abend an dich denken!“

Rieke rutschte das Herz in die Hosen. Das hatte sie nun davon! Nicht nur, dass sie Michael und Nora belogen hatte, jetzt musste sie es auch noch Astrid beichten und sie anflehen, eine Decke für die Kinder zu nähen. Oder Farbe bekennen! Und das, nachdem Michael sich nach so vielen Jahren endlich ein Herz gefasst hatte, um sich mit ihr zu versöhnen. Nein, das brachte sie einfach nicht fertig ...

Die gute Stimmung, die langsam aufgekeimt war, war nun wieder beim Teufel. Nora ärgerte sich über Michael, Michael über seine Mutter, seine Mutter über sich selbst. Sie wollte doch nicht wieder lügen! Was war nur in sie gefahren?

*

Astrid ging hoch wie eine Rakete. „Du hast was getan?!", rief sie.

„Ich wollte das nicht. Es kam so über mich. Sie sind beide so bewundernswert großartig. Und ich ... ich bin nichts und habe nichts! Und als Michael dann auch noch so selbstverständlich davon ausging, dass ich nicht nähen kann, da ist es mir rausgerutscht."

Astrid schüttelte den Kopf. „Warum willst du einfach nicht glauben, dass dich jemand um deinetwillen lieben kann?"

Mit Tränen in den Augen zuckte sie die Schultern. „Ich weiß nicht ... Bitte, lass mich nicht hängen. Nora soll ihre Decke bekommen. Bitte!"

„Na gut, ich nähe sie. Aber du hilfst mir dabei!"

„Ich habe zwei linke Hände, das weißt du."

„Hast du nicht! Das redest du dir immer nur ein!"

*

Am nächsten Morgen fuhren sie in die Stadt, um Stoff zu besorgen. Das kleine Geschäft sah aus, als hätte es mindestens hundert Jahre auf dem Buckel. Über der Tür war ein Schild angebracht, auf dem ‚Julius Berger –

Stoffe und Schneiderzubehör' stand. An der Rückwand Regale, die bis unter die Decke reichten und mit Stoffballen bestückt waren. Davor eine Verkaufstheke, groß genug, darauf Stoffe auszubreiten und zuzuschneiden. Und hinter dieser Verkaufstheke lehnte ein Mann mit grauen Haaren, freundlichen blauen Augen und einem sehr sympathischen Lächeln.

„Was kann ich für Sie tun, meine Damen?" Er verneigte sich höflich.

„Wir brauchen Stoffe zum Patchwork-Quilten."

„Ah!" Seine Augen Blitzten auf. „Meine Anerkennung - wer kann das heute noch. Und an welche Farben haben Sie dabei gedacht?"

„An Blau- und Türkistöne", sagte Astrid. „Wir benötigen acht verschiedene Stoffe."

Herr Berger legte zehn Stoffe vor, die sich von Farbe und Muster harmonisch zusammenfügten. „Wunderbar!", rief Astrid. „Sie haben wirklich ein Auge für so etwas."

„Das will ich meinen!" Er lud sie ein, ihm zu folgen und führte sie in ein Nebenzimmer. Dort standen ein großer Schreibtisch auf der einen und ein Nähtisch mit einer

Nähmaschine auf der anderen Seite. Über dem Schreibtisch hing ein großer Quilt in Rot-Orange-Tönen, abgesetzt mit einem dunklen Braun.

„Der ist ja wunderschöne! Hat den Ihre Frau genäht?", fragte Astrid mit unüberhörbarer Anerkennung.

Er schüttelte den Kopf. „Meine verstorbene Frau hasste Nähen, und sie hasste es, wenn ich es tat. Sie fand, das sei weibisch. Darum fertigte ich meine Quilts hier im Geschäft an. Heimlich sozusagen." Er zwinkerte den beiden Frauen zu.

„Weibisch!" Rieke schnappte nach Luft. „Ja hatte sie denn keine Augen im Kopf? Nichts an Ihnen ist weibisch!"

Herr Berger schmunzelte über ihren empörten ‚Aufschrei'. Astrid auch. Und Rieke wurde rot wie eine Tomate. Warum trug sie ihr Herz nur immer auf den Lippen!

Julius Berger zog einen Stoß fertiger Decken aus einem Regal.

„Die sind alle von Ihnen?", fragte Rieke erstaunt.

„Ein paar konnte ich verkaufen, aber die meisten kümmern hier vor sich hin."

Sie sah Astrid an. „Der hier ist in Blautönen und wunderschön! Wir könnten doch eine Quiltdecke kaufen, statt sie ...“

„Nichts da!“, fiel ihr Astrid gleich ins Wort. „Wir nähen sie, und wir machen es uns dabei nicht zu einfach!“

Eine halbe Stunde später saßen sie mit drei großen Tragetüten voller Stoff im Auto und schlugen den Heimweg ein. Eine Weile schwiegen sie, bis Astrid plötzlich sagte: „Er gefällt dir, habe ich Recht?“

„Der Stoff? Natürlich gefällt er mir.“

„Nein, Julius Berger.“

Rieke blies die Wangen auf. „Wie kommst du denn darauf!“

Astrid lachte. „Wir kennen uns mehr als vierzig Jahre. Mir machst du nichts vor!“

Leider, dachte Rieke insgeheim, aber dann musste auch sie lachen. „Ja, er gefällt mir. Er hat so etwas ... so etwas Vornehmes. Und er strahlt so viel Wärme aus!“

„Außerdem sieht er gut aus“, fügte Astrid an, „und ist genau im passenden Alter!“ Sie zwinkerte Rieke zu.

Als erstes fertige Astrid einen maßstabgerechten Entwurf an. Dann versah sie die Stoffe mit einer Nummer und trug die Nummern auf ihrem Entwurf ein. Als sie damit fertig war, stützte sie die Hände in die Hüften und blies sich eine Haarsträhne aus der Stirn. „Ist toll geworden!"

Rieke sah nur ein Gewirr von Quadraten, Streifen, Dreiecken und Zahlen auf Papier. Was daran toll sein sollte, erkannte sie nicht.

„Warte nur ab!" Astrid schob Rieke vier der Stoffe hin und zeigte ihr, wie sie zugeschnitten werden mussten. „Und dabei musst du wirklich ganz akkurat arbeiten", warnte sie, sonst entstehen unschöne Blasen.

Rieke gab sich Mühe. „Sklavenarbeit!", murrte sie. Doch als nach drei Stunden alle Teile vor den beiden Frauen auf dem Tisch lagen, war sie doch stolz, es geschafft zu haben.

„Morgen Nachmittag fangen wir an zu nähen", sagte Astrid, küsste Rieke und ging nach Hause.

Rieke räumte ein wenig auf. Sie legte die Stoffstücke in Schachteln und faltete die Einkaufstüten zusammen, in denen sie die Stoffe transportiert hatten. Sie waren aus weißem, festem Papier, darauf ein ovales Emblem in

Blau, auf dem, wie über der Tür des Ladens, der Schriftzug Julius Berger – Stoffe und Schneiderzubehör stand.

„Julius Berger", sagte sie laut und lauschte dem Klang des Namens nach. Astrid hatte Recht. Er war nicht nur höflich und ein Gentleman der alten Schule, er sah auch noch gut aus. Ein eleganter, gepflegter Mittsechziger – und offenbar gab es keine Frau in seinem Leben! Rieke stellte sich vor, wie es wäre, ihn wiederzusehen. Wie er sie anstrahlen würde, ihr die Hand reichen, ihr sein Lächeln schenken ...

„Rieke Jansen!", rief sie sich selbst zur Ordnung. „Sei nicht albern und verknall dich nicht! Bist schließlich kein Teenager mehr!"

Und dann tat sie es doch. Sie fuhr in die Stadt. Und nun stand sie vor Julius Bergers Laden und gab sich einen Ruck, auch noch den letzten Schritt zu wagen. „Los jetzt!", sagte sie laut zu sich selbst und stieß die Tür auf.

„Ah!" er kam hinter der Ladentheke hervor, streckte beide Hände nach ihr aus und begrüßte sie wie eine alte Freundin. „Das ist aber eine Freude, Sie so schnell wiederzusehen!"

„Wir brauchen Faden", behauptete Rieke.

„Sagte Ihre Freundin nicht, sie hätte Faden in der passenden Farbe zu Hause?"

„Sie hatte sich getäuscht", schwindelte Rieke.

„Na, dann ..." Herr Berger lächelte. Er zog eine Lade auf und holte zwei große Rollen mittelblaues Garn heraus. „Das sollte reichen." Er packte es in eine kleine Tüte und gab es Rieke.

Als sie bezahlt hatte, lud er sie auf eine Tasse Kaffee in seine Werkstatt ein. Er zeigte ihr seinen neuesten Entwurf, der ganz ähnlich aussah wie der von Astrid – ein Gewirr aus geometrischen Formen und Zahlen. „Schön!", sagte sie, wobei sie ihn anstrahlte und nicht ganz klar war, ob sie ihn oder seinen Entwurf meinte.

Er goss Kaffee nach und legte eine Hand auf ihren Arm. „Wenn Sie wüssten, wie glücklich es mich macht, dass Sie meine Arbeit schätzen!"

Seine Hand fühlte sich warm und weich an, und Rieke bedauerte es, dass er sie so schnell wieder wegzog.

„Na ja, wenn man selbst quiltet, weiß man schließlich, wie viel Arbeit dahinter steckt!"

Sein Lächeln wurde noch breiter. „Darf ich Sie fragen ..." Er zögerte. „Ob Sie verheiratet sind?"

„Nicht mehr. Ich bin Witwe. Ich habe nur noch meinen Sohn, der im Management bei Audi arbeitet und in vier Wochen heiratet."

„So, so, im Management bei Audi." Julius seufzte leise.

„Ja, ich habe Glück mit ihm. Er ist sehr klug und hat es in so jungen Jahren schon so weit gebracht. Ich bin sehr stolz auf ihn."

„Das merkt man", sagte Julius mit leichtem Nicken.

Nach einer Stunde ging sie wieder. Er brachte sie an die Tür und winkte ihr nach. Als sie sich noch einmal umdrehte, wurde ihr bewusst, dass in der ganzen Zeit kein einziger Kunde in seinem gewesen Laden war.

*

Das Zusammennähen der Stoffe erwies sich als schwieriger, als Rieke gedacht hatte, denn die Nähte mussten akkurat aneinander stoßen. Zudem war Astrid eine strenge Lehrmeisterin. Geriet etwas schief, musste Rieke es wieder auftrennen. Auch das Bügeln der vielen kleinen Nähte wollte gelernt sein. Rieke stöhnte und dachte dabei an Julius. Dass er sich so etwas freiwillig antat!

Apropos Julius – sie hatte ihn zwei Tage nicht gesehen und brachte ihn kaum noch aus dem Kopf. Ständig dachte sie darüber nach, welchen Grund sie vorschieben konnte, hinzufahren. Am nächsten Morgen setzte sie sich ins Auto und betrat eine Dreiviertelstunde später seinen Laden.

„Meine Liebe!" Er küsste ihre Hand. „Wie schön, Sie wiederzusehen."

„Ja, finde ich auch." Sie strahlte ihn an. „Ich brauche ... also von dem türkisfarbenen Stoff mit den Blümchen haben wir einen halben Meter zu wenig."

Erstaunt sah er sie an. „Sie haben zu wenig Stoff? Hat sich Ihre Freundin denn verrechnet? Wie weit sind Sie schon mit dem Nähen?"

„Mit der Oberdecke schon zu einem Drittel fertig", antwortete sie.

„Ach." Er zog Stirnfalten. „Einen halben Meter sagten Sie?"

Rieke nickte.

Er holte den Stoff aus dem Regal. Rieke sah zu, wie er ihn ausbreitete, abmaß und abschnitt. Dann faltete er ihn zusammen und schob ihn in eine Tüte. „Bitte." Mit einem Lächeln reichte er ihr das Päckchen und nahm das Geld entgegen. „Haben Sie noch Zeit für einen Kaffee?"

„Gerne!" Natürlich hatte sie auf seine Einladung gehofft.

Während er den Kaffee in der angrenzenden Küche zubereitete, betrachtete Riekes einige Fotos, die an der Wand hingen. Sie erkannte Berühmtheiten aus den Siebziger- und Achtzigerjahren. Sänger, Schauspieler, ein Fußballstar. Und immer derselbe gutaussehende Mann daneben.

„Sind Sie dieser Mann?", fragte sie Julius, als er den Kaffee brachte.

Er nickte.

„Und diese Leute, die kannten Sie alle?"

„Sie waren vor allem Freunde meiner Frau."

„Ist sie das?" Rieke deutete auf eine hübsche Blonde, die auf vielen der Fotos neben Julius stand. Sie war ihr wohl bekannt. Sandra hieß sie, war eine berühmte Schlagersängerin gewesen. Rieke kannte ihre Lieder gut. Die wurden lange Zeit im Radio rauf und runter gespielt.

Wieder nickte er. „Wir haben sehr früh geheiratet, noch bevor Sandra berühmt wurde. Ich habe Polsterer gelernt, damals noch im Betrieb meines Vaters. Aber dann kam die Zeit, in der niemand mehr alte Möbel aufpolstern ließ, und ich musste schließen. Zum Glück konnte ich diesen Laden von einem Onkel übernehmen. Sandra war damals bereits berühmt. Sie schlug vor, dass ich gar nicht mehr arbeiten sollte, das hätten wir uns natürlich leisten können. Aber ich wollte nicht einfach nur ihr Anhängsel sein.“

Rieke nickte. Dieses Gefühl kannte sie nur zu gut. Sie kam sich beizeiten ja auch wie ein nutzloses Anhängsel vor. Was hatte sie in ihrem Leben schon geleistet? Nicht einmal Michael großzuziehen, war eine besondere Heldentat, denn er war nie ein schwieriges Kind gewesen.

Sie betrachtete noch einmal die Fotos. Peter Kraus, Roy Black, Marianne, Peter Alexander – das waren nur einige von ihnen. Und immer stand Julius neben ihnen, lachend, gutaussehend, Sandra im Arm.

„Und Sie?“, fragte er, um das Thema zu wechseln. „Erzählen Sie mir von sich!“

„Ich ...“ Riekes Lippen zitterten. „ Ich ... also ... mein Mann, war ein hoher ... er war am Ministerium für Bildung und Kultur. Ich habe fürs Lehramt studiert, aber mein Mann wollte nicht, dass ich arbeite. Ich habe mich dann ehrenamtlich engagiert. Ich kümmere mich ... kümmere mich um alte, alleinstehende Menschen."

Julius nickte. „Das finde ich großartig. Ich dachte mir schon, dass Sie etwas Besonderes sind."

„Ach nein, gar nicht!", wehrte sie ab und fühlte sich plötzlich, als würden von rechts und links zwei riesige Wellen über sie hereinbrechen und sie unter sich begraben. Himmel, was hatte sie wieder getan! So einen Unsinn zu erzählen! Sie hatte als junges Mädchen Verkäuferin gelernt, und Egon war Grundschullehrer gewesen.

Hastig trank sie ihre Tasse aus. „Tut mir leid, ich habe noch einen Termin!", behauptete sie, und dann war sie auch schon draußen.

Zwei Wochen hatte sie mit Astrid an der Quiltdecke gearbeitet. Jetzt lag sie fertig vor ihnen, und es war wirklich ein Prachtstück geworden! Astrid hatte ganz glänzende Augen vor Freude und sagte: „Wir müssen sie unbedingt Herrn Berger zeigen!"

Rieke schluckte. Seit ihrem verhängnisvollen Besuch bei Julius war sie nicht mehr dort gewesen. Oft lag sie nachts wach und dachte an ihn. An sein liebes Wesen, sein wunderbares Lächeln - und an den Unsinn, den sie ihm erzählt hatte. Wie gerne würde sie ihn wiedersehen!

Doch wie sollte sie ihm nach so haarsträubenden Lügen noch einmal unter die Augen treten? Was sollte er von ihr denken? Von der angeblichen Gattin des ehemaligen Kultusministers, die sich angeblich um arme, alte Leute kümmerte! Dabei hatte sie in ihrem ganzen Leben nie etwas geleistet hatte! Seine schönen blauen Augen würden sie traurig ansehen. Sie würde seine Verachtung ertragen müssen. Und dann würde er sich von ihr abwenden, so wie Michael sich einst von ihr abgewendet hatte.

„Freust du dich denn gar nicht über die schöne Decke?", fragte Astrid. „Und macht es dich denn gar nicht stolz, dass du zu Michael und Nora nun guten Gewissens sagen kannst, du hast sie selbst genäht?"

„Mit deiner Hilfe!"

„Mit ein wenig Unterstützung von mir." Astrid sah sie fragend an. „Oder ist da noch etwas, das ich wissen sollte?"

„Nö, was sollte denn sein?" Rieke gab sich Mühe gleichgültig auszusehen.

„Ach, Riekchen, ich kenn dich doch! Wenn du diesen Zug um den Mund hast und so harmlos tust, dann stimmt etwas nicht."

Rieke zuckte die Schultern und wendete sich schnell ab.

„Na, okay. Dann fahren wir jetzt in die Stadt. Du wolltest dir ohnehin noch ein Kleid für die Hochzeit kaufen, und ich brauche einen neuen Badeanzug. Danach schauen wir bei Julius Berger vorbei. Er freut sich bestimmt!“

„Also ... ich ...“, stotterte Rieke.

Astrids Augen verengten sich zu dünnen Schlitzen. „Rieke, da ist doch etwas! Jetzt rück endlich raus mit der Sprache! Hat es mit Julius Berger zu tun?“

Rieke sank auf den Stuhl, der neben ihr stand. „Ich war noch zweimal bei ihm“, gestand sie.

„Ach!“ Astrid lächelte bedeutungsvoll. „Wusste ich doch, dass er dir gefällt! Schämst du dich etwa dafür? Das ist doch Unsinn! Wir sind beste Freundinnen, da kann man doch über so etwas reden!“

„Nein, das ist es nicht. Aber ...“ Sie brach ab.

„Aber? - Du hast ihm doch nicht etwa irgendwelche Lügenmärchen auf die Nase gebunden?“

„Doch, das habe ich.“ Rieke erzählte ihr von den Fotos an der Wand, von Julius’ verstorbener Frau und dass dann plötzlich der Lügengaul mit ihr durchgegangen war.

„Ach, du liebes Bisschen!" Astrids Arme flogen durch die Luft und landeten mit einem lauten Klatschen auf ihren Schenkeln. „Kultusminister! Wie kommst du denn nur wieder auf so etwas!"

„Ich weiß doch, wie dumm das war. Aber in dem Moment, da dachte ich: Er kann eine wie mich unmöglich mögen, wenn er einmal mit so einer berühmten Frau verheiratet war und Peter Alexander und Roy Black persönlich kannte!"

„Also, wenn er dich nicht gerne haben könnte, nur weil du nicht berühmt bist, dann hätte er dich doch gar nicht verdient. Du bist adrett, liebevoll, treu, und mit dir kann man Pferde stehlen. Was will ein Mann mehr?"

„Das sagst Du!"

Astrid sah sie mit dem Ausdruck der Verzweiflung an. Plötzlich sprang sie auf, nahm Rieke an der Hand und sagte: „Wir fahren jetzt zu ihm. Du erzählst ihm alles genau so, wie du es mir erzählt hast. Und dann siehst du schon, was passiert. Wenn er sich tatsächlich von dir abwendet, dann musst du das halt aushalten. Es ist deine Schuld. Und wenn nicht ... Na, wunderbar! Du hast also nichts zu verlieren."

„Ach nein, das kann ich nicht!", rief Rieke panisch.

„Doch, du kannst das. Ich erinnere mich noch zu gut, wie du einmal zu Michael gesagt hast: Die Suppe, die du dir eingebrockt hast, musst du auch auslöffeln. Dasselbe gilt für dich.“

Mit dem Quilt unterm Arm betrat Rieke den Laden. Julius kam aus dem Nebenzimmer. Als er sie sah, ging die Sonne in seinem Gesicht auf. „Wie ich mich freue! Ich habe so sehr auf Ihren Besuch gehofft. Als Sie nicht wiederkamen, dachte ich schon, ich hätte etwas falsch gemacht.“

„Nein, das haben Sie nicht. Aber ich habe etwas falsch gemacht“, kam es kleinlaut von Rieke zurück.

„Sie? Ja was denn?“ Er schob sie vor sich her ins hintere Zimmer. Dort legte sie den Quilt ab, den er mit Ehrfurcht betrachtete. „Wie schön er geworden ist! Stammt der Entwurf von Ihnen?“

Rieke schüttelte den Kopf. „Das macht alles meine Freundin. Ich habe nur ein wenig mitgeholfen. Wissen Sie, ich bin nicht besonders gut in solchen Dingen. Und ich bin auch nicht die Witwe eines Kultusministers. Mein Mann war ein einfacher Grundschullehrer.“

Julius sah sie erstaunt an. „Ja aber, weshalb behaupten Sie dann so etwas?“

Rieke rutschte das Herz in die Hose. Wie er das sagte! Gleich würde er sie hinauswerfen!

„Ich ... es war, weil ich Ihnen gefallen wollte. Und ich dachte, ein Mann, der eine so außergewöhnliche Frau hatte, der kann eine wie mich nicht ...", sie schluckte, bevor sie es aussprach, „... lieben." Sie sagte das Wort so leise, dass es kaum noch zu hören war.

Julius griff nach ihren Händen und zog sie an sich. „Ach, wie kommen Sie denn nur auf so etwas? Ganz im Gegenteil. Immer litt ich darunter, dass Sandra berühmt wurde. Nichts war mehr wie früher. Nie waren wir alleine. Alles, was uns einst wichtig gewesen war, galt plötzlich nichts mehr. Und ich kam mir so klein und nichtig vor. Ich wünsche mir eine Partnerin an meiner Seite, für die ich da sein darf und die für mich da ist, wenn ich sie brauche. Eine, die mich mag und akzeptiert wie ich bin und nichts gegen mein etwas eigenartiges Hobby hat. Ich reise gerne, und ich liebe es zu wandern. In zwei Monaten schließe ich mein Geschäft, dann gehe ich in Rente und habe alle Zeit der Welt, eine Frau glücklich zu machen - eine Frau, wie Sie." Zärtlich sah er sie an.

„Aber ich kann doch nicht einmal Kuchen backen!", sagte Rieke mit Tränen in den Augen.

Julius lachte. „Wozu gibt es Konditoren? Die möchten auch etwas verdienen! Außerdem mag ich gar keinen Kuchen! Und kochen kann ich selbst."

Er nahm sie in die Arme und hauchte ihr einen Kuss auf die Lippen. „Als ich Sie zum ersten Mal sah, dachte ich sofort: Das ist die Frau, auf die ich so lange gewartet habe!"

„Wirklich?" Rieke konnte nicht glauben, was sie hörte. „Dabei ist doch gar nichts Besonderes an mir!"

„Du irrst dich", sagte er. „Das Besondere an dir ist, dass du nicht weißt, wie liebenswert und schön du bist."

*

Michael erwartete seine Mutter vor der Kirche. Neugierig sah er Julius an.

„Das ist Herr Berger, und das ist mein Sohn", stellte Rieke vor.

„Freut mich!" Julius drückte ihm fest die Hand. „Zumal wir uns zu einem so glücklichen Anlass kennenlernen."

„Ich habe zwei Plätze in der ersten Bank für euch reserviert", sagte Michael.

Sie gingen hinein, Michael folgte mit seinem Trauzeugen. Schließlich schritt auch die Braut am Arm ihres Vaters zum Altar, wo ihr Bräutigam sie entgegen nahm. Sie sah noch viel schöner aus, als Rieke es sich vorgestellt hatte, und sie strahlte so glücklich, dass Rieke vor Rührung weinen musste.

Die anschließende Feier fand in kleinem Kreis statt. Es gab ein exquisites Viergänge-Menü und am Nachmittag Kaffee und Torte.

Als die Gäste ihre Geschenke überreichten, holte Julius die Quiltdecke aus dem Auto. Nora wollte das Paket unbedingt gleich öffnen.

„Hier vor allen Leuten?", war Rieke erschrocken.

Nora lachte. „Warum denn nicht?" In freudiger Erwartung öffnete sie Schleife und Papier. „Ach, wie wunderschön!", rief sie aus, als das blaugemusterte Prachtwerk vor ihr lag.

Neugierige Blicke von allen Seiten. „Ja, wirklich wunder-wunderschön!", sagte auch Noras Mutter und sah Rieke anerkennend an.

„Ich habe sie nicht alleine genäht. Meine Freundin Astrid hat sie entworfen. Sie war es auch, die mir beigebracht hat, wie man quiltet."

„So etwas hätte ich auch gerne“, sagte eine Tante der Braut.

„Das können Sie bei Herrn Berger kaufen“, erklärte Rieke und deutete auf Julius. „Er kann das noch viel besser als ich. Ihr solltet mal seinen Quilt aus hellgrüner Seide sehen, da hat er Federn und Blumen drauf gestickt.“

Als sich Rieke und Julius zu vorgerückter Stunde von den Brautleuten verabschiedeten, nahm Michael seine Mutter in die Arme. „Tut mir leid, Mama, dass ich mich so lange nicht gemeldet habe. Und dass ich so stur war und dir so unrecht getan habe.“

„Aber nein, mein Junge, das hast du nicht. Der Fehler lag ganz bei mir. Ich hab mir nie etwas zugetraut, und darum habe ich so oft geschwindelt. Aber in Zukunft wird alles besser werden. Und ich wünsche dir viel Glück und so wunderbare Kinder, wie ich einen Sohn habe.“ Sie umarmte ihn und anschließend Nora. „Wie schön, dich als Schwiegertochter zu haben.“

Später, im Auto, zog Julius sie an sich. „Zum Glück wünschten die beiden sich einen Quilt zur Hochzeit, sonst hätten wir uns nie kennengelernt!“, sagte er.

„Ja, zum Glück!“ Rieke lachte und küsste ihn.

Mehr ‚Lesefutter' aus unserem Verlag

Mord mit Herz
Ronda Hendrikus
Acht Ladykrimis für zwischendurch
ISBN E-Book: 978-3-946280-13-2
ASIN: B0182GC8JY

Cognac mit Schuss
Ronda Hendrikus
Acht Ladykrimis für zwischendurch
ISBN E-Book: 978-3-946280-15-6
ASIN: B018K9SH16

Geliebter Mörder
Ronda Hendrikus
Sieben Ladykrimis für zwischendurch
ISBN E-Book: 978-3-946280-14-9
ASIN: B018K9SV76

Oje, du fröhliche ...
Friederike Costa
Vierzehn Weihnachtsgeschichten
ISBN E-Book: 978-3-946280-16-3
ASIN: B018UJZF8E

Lebensberatung

Angst überwinden und stark sein
ISBN Printausgabe: 978-3-946280-31-6
ISBN E-Book: 978-3-946280-05-7
ASIN: B015WKTRYW

So finde ich mein Glück
ISBN Printausgabe: 978-3-946280-30-9
ISBN E-Book: 978-3-946280-07-1
ASIN: B015WKTWRY

Von Trennung, Tod und Trauer
ISBN Printausgabe: 978-3-946280-32-3
ISBN E-Book: 978-3-946280-02-6
ASIN: B015D045U2

Reiseführer aus unserem Verlag

Kreuzfahrt Madeira und Kanaren –
ISBN Buch: 978-3-946280-26-2
ISBN E-Book: 978-3-946280-34-7
ASIN: B01F3STFFE

Krk -
ISBN Buch: 978-3-946280-17-0
ISBN E-Book: 978-3-946280-12-5
ASIN: B017WDI53G

Prag -
ISBN Buch: 978-3-946280-20-0
ISBN E-Book: 978-3-946280-08-8
ASIN: B015WKTUNU

Sevilla -
ISBN Buch: 978-3-946280-22-4
ISBN E-Book: 978-3-946280-09-5
ASIN: B015WKTK8K

Venedig -
ISBN Buch: 978-3-946280-19-4
ISBN E-Book: 978-3-946280-10-1
ASIN: B015WKU1I8

Amsterdam –
ISBN Buch: 978-3-946280-21-7
ISBN E-Book: 978-3-946280-04-0
ASIN: B015WKTX8W

Nürnberg -
ISBN Buch: 978-3-946280-18-7
ISBN E-Book: 978-3-946280-00-2
ASIN: B015WKTUNU

Salzburg -
ISBN Buch: 978-3-946280-24-8
ISBN E-Book: 9783946280019
ASIN: B0158B5ZC

Danzig -
Buch - ISBN: 978-3-946280-23-1
ISBN E-Book: 978-3-946280-06-4
ASIN: B015WKTRA6

Kopenhagen -
ISBN Buch: 978-3-946280-25-5
ISBN E-Book: 978-3-946280-03-3
ASIN: B015D045U2

Trier –
ISBN Buch: 978-3-946280-36-1
ISBN E-Book: 978-3-946280-35-4
ASIN: B01IDCGDES

———

Die Holunderküche -
Ein Kochbuch für E-Book und Smartphone
ISBN E-Book: 978-3-946280-11-8
ASIN: B017WCDE1U